LA
COCARDE TRICOLORE,
ÉPISODE DE LA GUERRE D'ALGER;

VAUDEVILLE EN TROIS ACTES,

PAR

MM. THÉODORE ET HIPPOLYTE COGNIARD;

Représenté pour la première fois, à Paris, sur le théâtre des Folies Dramatiques,
le 19 mars 1831.

DISTRIBUTION DE LA PIÈCE.

LA COCARDE, vieux troubadour	M. William.
CHAUVIN, jeune conscrit	M. Demoulin.
DUMANET, idem	M. Palthazar.
ZELMIRE, odalisque	Mlle Balthazar.
NÉARA, idem	Mlle Louisa ainée.
CATIN, vivandière	Mme Dumas.
Un Lieutenant	M. d'Armance.
L'AGA	M. Alexis Picard.
ALI, premier eunuque	M. Prevost.
ZULÉMA, sultane favorite	Mme Thierry.
CLARA, jeune Française	Mme Valny.
JULIEN, prisonnier français	M. Bourville.
QU'AS-TU	M. Lefevre.
PRENDS-DONC	M. Denier.
DE LA MARINADE	M. Vaillet.
DUFOUR, sergent	M. Ernest.
Un Officier turc	M. Lamossier.
Odalisques, Eunuques.	

La scène se passe, au premier acte, à quelques lieues d'Alger; au second, à Alger, dans un sérail;
et au troisième, près du rivage devant Alger.

ACTE PREMIER.

Le théâtre représente une campagne près d'Alger. A droite du spectateur, un palmier, au pied duquel
est un tertre, derrière les minarets d'une mosquée.

SCÈNE I.

(Au lever du rideau, la Cocarde est de faction; le jour commence à poindre.)

LA COCARDE, seul.

Ces coquins de Bédouins me laissent enfin un peu tranquille! ces butors-là m'ont frisé la moustache!... Ça vous tire un honnête homme, de derrière un buisson, comme on tire un canard sauvage ou une bécasse... La Cocarde est pourtant solide au poste.... Quand on s'bat, bien, on est tué, très bien,.. mourir comme ça, ça m'est inférieur; mais ce qui m'fait bonder, c'est de recevoir des dragées circonvoisines sans envisager les individus qui les soutiennent, et sans pouvoir leur rendre de la monnaie..... Ah! bah! c'est égal, malgré ces petits désagréments-là, j'aime encore mieux être ici que dans

10

une caserne, Mollezieu!... ce sable-là, ce ciel,
ces palmiers, ne sont pas de vieilles connais-
sances? n'est-ce pas sur cette terre que j'ai
déjà j'vu avec le petit?... Ce polisson de soleil,
qui se lève là-bas, ne m'a-t-il pas déjà tapé
sur l'occiput? Oui, qu'il m'y a tapé sur l'occiput!... Ô Égypte!... Bonaparte... Ces souve-
nirs-là me rajeunissent de vingt ans.

Air de la romance de Téniers.

Tout dans ces lieux vient frapper ma mémoire,
Et chaque pas me rappelle un succès!
Je crois revoir tous mes beaux jours de gloire,
Et cependant j'éprouve des regrets.
A mon bonheur un souvenir s'oppose,
Et lorsqu'ici nous nous retrouvons tous,
Ah! je sens là... qu'il me manque quelque chose,
Lui seul, hélas! n'est pas sa rendez-vous.

Comme ça allait! comme nous marchions!...
Ah! dam'! c'est qu'il était d'rant, lui!.. lui!..
A présent c'est pu ça; non, c'est pu ça... Mais
j'entends que'qu'chose... Qui vive?

UNE VOIX, *dans la coulisse.*

C'est moi, c'est Catin!

LA COCARDE.

Tiens, c'est la vieille !.. Elle y était aussi, la
vieille !...

━━━━━━━━━━━━━━━━━━━

SCÈNE II.
LA COCARDE, CATIN.

CATIN, *un petit baril sous un bras, et un panier sous
l'autre.*

Air: Soldats, vieille Catin.

Vivandière de la garnison,
C'est Catin qu'on me nomme,
Et je vends, comme de raison,
A nos soldats l'rogomme.

C'est moi! c'est moi!... Dieu merci! mon
vieux la Cocarde, t'es-t-encore debout?...

*(Elle lui donne une poignée de main et lui verse un petit
verre.)*

LA COCARDE.

Oui, je suis encore sous le pinacle... Le ciel
ne veut pas que j'meure de la main d'un Bédouin.

CATIN.

Ce n'est pas ici non plus que j'voudrais t'ad-
ministrer ton dernier petit verre... Tiens, bois...
la nuit a été fraîche.

LA COCARDE.

C'est vrai!... et puis, vois-tu! aujourd'hui
c'est pas ma première campagne... je m'fais
vieux, les ressorts sont un peu usés... enfin,
quoi, je suis dans les praticables...

CATIN.

Bah! le coffre est bon!...

LA COCARDE.

Oh! c'est égal.

AIR: Dans un castel, dame de haut lignage.

J'ai cinquante ans, j'entre dans la vieillesse,
Et j'sens parfois mes membres un peu meurtris;
Je vais bientôt d'la place à la jeunesse,
Tu sais c'pendant que j'ai valu mon prix.

CATIN.

La France encore a besoin de ta vie,
Et nous avons c' que tu vaux à présent;
Les bons soldats, ça ressemble à l'eau-d'-vie,
Ça d'vient encor meilleur en vieillissant.

LA COCARDE.

C'est flatteur tout d'même, c'que tu me dis
là, Catin... (*Lui rendant le verre.*) Dis donc, j'te
devrai ça avec les autres, j'ai pas d'argent...

CATIN.

Eh bien, est-ce que je t'en demande? Il y a
toujours là-dedans trente rasades à ton service.

LA COCARDE.

Femme excellente!..... je suis sensible à tes
procédés... Il est vrai qu'autrefois j'étais un
gaillard solide en fait de fureurs amoureuses...
Te rappelles-tu, la vieille?

CATIN, *versant à boire.*

C'est bon... Buvez et taisez-vous.

LA COCARDE.

C'est tout seulement pour dire qu'en ce temps-
là je tâchais, par mon amabilité, de compen-
ser le tort que je faisais à ta cantine... J'étais
pas plus riche; mais j'avais de la tournure...
Nous nous aimions... dam'! faut bien aimer un
peu dans la vie.

CATIN.

Eh! mon pauv' vieux..., nos amours n'ont
pas été heureux, et le fruit qui en est résulté...

LA COCARDE.

Compris, ma vieille! compris! n'ajoute
rien... (*Après une pause.*) Il était beau, not' fils!..
Personne ne savait au régiment que ce petit
tambour si malin, si espiègle était à nous; lui-
même l'ignorait... Ça aurait fait un brave,
mais la paix qu'est revenue avec le torchon
blanc et les Cosaques, nous a privé de not' enfant.

CATIN *essuie une larme.*

J'peux pas m'rappeler son départ sans pleurer.

LA COCARDE.

Adieu, mon vieux, qui m'dit, tout c'gou-
vernement-là, c'est bel et bon; mais j'veux
pas vieillir à la caserne... j'vas chercher d'l'oc-
cupation quéqu'part... Il s'embarque sur un
navire tunisien, et d'puis c'temps-là, pas
d'nouvelles... pas plus de fils que dans la
main... Not' pauv' Julien s'ra mort sans revoir
son pays... sans savoir qu'il avait un père!..
Mais faut pas parler d' ça.

CATIN, *à part.*

Allons, il va retomber dans ses tristesses...
(*Haut.*) Eh bien, vieux, est-ce que je ne suis pas
là pour te consoler? est-ce que je ne t'aime
plus? est-ce que?... Mais parlons d'autre chose.

Sais-tu bien que ce poste-ci n'est pas agréable ?... Trois sentinelles ont déjà été...

LA COCARDE.

Escoffiées, ça se conçoit... c'était des blancs-becs, et le blanc-bec, c'est trop tendre... le grognard, c'est différent... Je crois, Dieu me pardonne, que les balles finissent par s'amortir sur un vieux corps aussi coriace que le mien.

CATIN.

C'est égal, j'suis bien sûre que tu désirerais que tout ça soit fini pour nous en retourner... Pour ce qui est de moi, ça m'ennuie joliment... et je pousse de gros soupirs quand je pense à notre France.

Air du vaudeville du Baiser au porteur.

J'voudrais quitter ce pays détestable,
Ce sol qui n'offre aucun produit;
Mes yeux sont las de ne voir que du sable,
Point de garçons, point de fleurs, point de fruits.
Quels tristes lieux et quel affreux pays!

LA COCARDE.

Pour moi, ma vieille, c'est assez magnifique:
Des fleurs ou non, qu'importe à des troupiers?
Napoléon a traversé l'Afrique,
Nous sommes certains qu'il y croît des lauriers. (bis)

CATIN.

Il avait raison d'vanter des soldats d'cte pâte-là; aussi il vous aimait bien.

LA COCARDE.

J'n'était pas dégoûté... Mais v'là un détachement qui vient! de ce côté... Allons, donne-moi vite un petit verre, que je boive à ta santé, et que j'continue ma faction.

CATIN, lui versant à boire.

Bonne chance, mon vieux.

LA COCARDE.

Merci, ma vieille.

CATIN, s'éloignant.

Au revoir!... Je vas rafraîchir les amis par là-bas; mais je reviendrai bientôt.

(Elle sort)

SCÈNE III.

LA COCARDE, seul.

Elle est un peu raide (son eau-de-vie!... mais elle n'est pas chère. Mutus! voilà les camarades... Ah! c'est le sergent Dufour qui les commande... Ce Dufour, c'est arrivé d'hier, et c'est déjà sergent... Il ne m'aime pas, car il sait ce que j'en pense..... J'peux pas voir ça, moi, j'marronne tout haut, et ça m'attire des désagréments... Dir' qu'il y a des jésuites dans une armée !... Mille bombes !... Ah! les voilà !

SCÈNE IV.

LA COCARDE; DUFOUR et SOLDATS, entrant sur l'air de : Garde à vous !

DUFOUR, aux soldats.

Halte! (A part) ah! il est encore là, ce vieux grognard... ça a plus de bonheur!... (Haut) Garde à vous... portez armes! arme bras! en faction.

(Il va relever la Cocarde avec un soldat.)

LA COCARDE, au soldat.

Bon courage, camarade.

DUFOUR.

Nous pouvons reprendre haleine un instant... Garde à vous... portez armes! reposez vos armes! au repos... Si l'on avait dix postes comme celui-là à relever, les jambes refuseraient le service.

LA COCARDE.

C'est qu'il y a des jambes, sergent, qui ne sont pas accoutumées à marcher dans le sable d'Afrique.

DUFOUR, piqué.

Le vieux a toujours quelque chose d'aimable à dire.

LA COCARDE.

C'est que j'ai trente-cinq ans de service, et que je ne suis pas même caporal, sergent Dufour: voilà le pourquoi.

DUFOUR.

Vous êtes jaloux, monsieur la Cocarde, tant pis pour vous. (A part) Quand donc serai-je délivré de ce soldat que je déteste! Qu'il se tienne bien sur ses gardes, j'ai reçu l'ordre du capitaine de le surveiller de près. J'ai certain soupçon... Malheur à lui s'il commet la moindre faute, il la paierait cher! (Aux soldats.) Écoutez l'ordre du jour. « Le général Bourmont!...»

LA COCARDE, avec ironie.

Le général Bourmont !

DUFOUR le regarde et continue.

« Le général Bourmont a été informé qu'un « convoi portant des vivres, des bagages et des « femmes au dey d'Alger, de la part du bey de « Titery, devait passer de ce côté... Un fort « détachement de Bédouins doit l'escorter. » Nous avons l'ordre de faire des patrouilles dans ces environs, où plusieurs petits détachements doivent se rendre pour nous aider à capturer la caravane... On parle même d'attaquer Alger cette nuit... Ainsi tenons-nous sur nos gardes.

LA COCARDE.

S'il y a des vivres, ça s'ra pas mauvais, car j'ai le coffre stomachique tant soit peu délabré.

UN SOLDAT.

Tenez, l'ancien, si vous voulez une petite goutte, voilà du cognac première qualité.

LA COCARDE, buvant.

Merci, enfant.

DUFOUR.

Ah! voici des amis...

SCÈNE V.

LA COCARDE, DUFOUR, CHAUVIN, DUMONT, CATIN, Soldats.

(Plusieurs petits détachements entrent sur l'air : Garde à vous ! Oui les reconnaît. On forme les faisceaux. Chauvin et Dumanet, qui arrivent les derniers, entrent sur l'air de la Clochette. — Me voilà !)

CATIN, à moitié dans la coulisse.

Allons donc, Chauvin !... allons donc, Dumanet !... Arrivez donc, clampins !

DUMANET.

Est-ce que nous pouvons aller plus vite ?... puisque Chauvin est indisposé.

CHAUVIN, entrant : il a la figure jaune et le ventre gros.

J'en puis plus !... c'est fini !... j'suis perdu !... Mes amis, vous voyez un homme dans un état épouvantable !...

PLUSIEURS SOLDATS, riant.

Qu'est-ce qu'il a donc, ce pauvre Chauvin ?

LA COCARDE.

Eh ! mon garçon, qu'est-ce qui est arrivé ?... Comme tu es changé !...

CHAUVIN.

Je l'crois ben que j'suis sangé !... on le s'rait à moins... (Il se tâte le ventre.) O Dieu ! comme je souffre !

DUMANET, tirant Chauvin à part.

Chauvin, ils vont te gouailler, c'est sûr ; ne leur dis pas pourquoi que c'est t'enflé comme ça...

LA COCARDE, à Chauvin.

Comme t'es jaune !... Est-ce que ta respectable mère t'a envoyé du pain d'épice de Reims ?

CHAUVIN.

Vieux grognard ; je ne vous croyais pas susceptible d'outrager un homme aux portes de la mort.

LA COCARDE.

Mais dis-nous donc ce que t'as !

CHAUVIN.

Ce que j'ai !... ce que j'ai !... Écoutez donc, et plaignez-moi :

Air : J'ai perdu mon couteau.

J'ai mangé du chameau,
J'ai l'ventr' comme un tonneau,
J'verrai pus (bis.) mon hameau,
Ça m' brûl' dans chaqu' boyau.
Dir' qu'un peu d'aloyau
Peut conduire au tombeau !
J'ai mangé du chameau. (bis.)
D'puis c'matin au bivouac
J'ai des coliqu's d'estomac,
Moi, j'croyais m' mettre en ribote,
J'mang' de c'te viand' de bouch'rie,
On m' disait qu' c'était bon ;
Et comm' c'était nouveau,
J'en mange un bon morceau ;
Mais c'était de la poison.

Cré coquin !... cinquante livres de galette, pâte ferme, ça ne pèserait pas plus... Le chirurgien m'a dit qu'il connaissait pas de médecine capab' de faire passer ça... O mes amis ! je suis flambé !... vous m'enterrerez dans l'sable... O mon Falaise ! mon papa ! ma maman ! j'n'vous embrasserai pas d'vive bouche... Il ne me reste plus qu'à vous écrire.

J'ai mangé du chameau, etc.

C' chameau-là qu' j'ai mangé,
J'étais dur enragé ; (bis.)
J' sens qu' j'ai un' fièvr' dévorante,
O ma Sophi' ! mon amante !
Pendant qu' j' me meurs à c't' heur',
T' es chez nous tranquill' assez,
Et t'aimes ton amant,
Qui n' f'ra pas ton bonheur.

Et le peux-je faire ton bonheur !... dis-moi si je le peux-je ? dans cet état... avec une indigestion mortelle ! O ma Sophie ! que j' t'ai dit en partant... sois calme... garde-moi ta foi... Bientôt je reviendrai vainqueur, et je te rapporterai des couronnes de lauriers, avec six couverts en métal d'Alger !... Mais hélas !...

J'ai mangé du chameau, etc.

LA COCARDE.

J' mangerais quatre chameaux morts, qu'ça ne m'en humecterait seulement pas... Poltron que tu es ! comment, tu as peur pour si peu de chose !

CHAUVIN.

Si peu de chose... T' me semble que c'est gentil comme ça.

CATIN.

Ça n' sera rien, ça s'en ira.

CHAUVIN.

Bah ! vous croyez que mon ventre se dissoudra ?

LA COCARDE.

Certainement, Jean-Jean... Viens boire avec nous ; et le liquide chassera cela.

CHAUVIN.

Vous m'rassurez un peu ; c' que vous m'dites là me met du miel dans le sang.

LA COCARDE.

Te rappelles-tu ce que je t'ai prédit un jour que tu payais bouteille... Chauvin, que j' t'ai dit, mon garçon, tu iras loin ; hein ! j' crois que tu es loin...

CHAUVIN.

C'est pourtant vrai, l'ancien, qu' vous avez deviné ça.

LA COCARDE, allant vers ceux qui boivent.

Allons, viens boire un coup.

CHAUVIN.

Oui, l'ancien, je suis à vous... Dis donc, Dumanet, viens boire ; l'espérance est renaquit dans mon âme...

DUMANET.

C'est égal, si tu t'en réchappes, j' te conville de n' pas te faire des bosses avec du chapeau.

CHAUVIN.

Oh! non, je m'ai pas assez méfié de la viande d'Afrique... mais maintenant je ne m'y laisserai pas prendre. Tout ce qui sent l'Afrique m'est suspect... Et vous Bédouins, Bédouines, Algériens et Algériennes, je me vengerai sur vous de la venette que vous m'avez causée. Je suis gonflé de colère... Ah! vous lâches exprès des chameaux malades... Ah! vous jetez des boulettes... Ah! vous empoisonnez les fontaines... de sorte qu'il n'y a pas seulement un verre d'eau à boire dans votre coquin de pays... Gare à vous; la vengeance est le plaisir des dieux!

DUMANET.

Allons, ne t'échauffe pas la bile... Tiens, Chauvin, vois-tu Alger là-bas; dire que dans queq' jours le sérail sera à nous. Si nous attrapions queq' odalisques.

CHAUVIN.

Si nous en attraperons! certainement... elles seront toutes attrapées... Pour moi, j' veux faire des miennes...

Air : Amis, la matinée est belle.

Quand j'aurai gagné la victoire,
Je veux entrer dans le sérail.
C'est là le profit de la gloire :
J'entrai comme un loup dans l' bercail,
J'veux embrasser tout's les sultanes.
Eunuqu', parle bas,
Nous sommes Français, nous somm's des crânes!
Eunuqu', parle bas;
La dey'ra' même ne m'échappera pas,
Non, la dey'ra' ne m'échappera pas.

C'est pas tout; je voudrais encore en découdre avec le dey, avec ce dey bouché... Je veux le défoncer, et puis je mettrai son turban, pour voir la tournure que je suis susceptible d'avoir.

DUMANET.

Toi, avec le turban du dey! tu ferais un fier dey.

CHAUVIN.

Tiens, je ne ferais peut-être pas un dey si mal.

DUMANET.

Oh! fameux, fameux, le calembourg!... décimal... celui-là est bon ou Barège est faux.

LA COCARDE, à moitié gris.

Ah çà! dites-donc, vous autres; vous parlez philosophie là-bas, et vous ne v'nez pas boire... Arrivez donc, si vous voulez qu'il en reste.

CHAUVIN.

Nous v'là, nous v'là.

(On entend battre le rappel, tous se lèvent.)

QUELQUES SOLDATS.

Qu'est-ce que c'est que ça.

BÉTOUR.

C'est le convoi; aux armes!... Garde à vous!

porté armes! par le flanc gauche, gauche! par file à droite, marche...

(Les soldats défilent sur l'air de pas redoublé.)

SCÈNE VI.

CATIN; LA COCARDE, chancelant.

LA COCARDE.

Le diable m'emporte! mais la vue est offusquée! y me semble que je vois danser les Bédouins. (On entend quelques coups de fusil.) Est-ce que nous sommes aux Pyramides?

CATIN, vivement.

Eh bien! la Cocarde, qu'est-ce que tu fais là? on s'bat.

LA COCARDE.

On s'bat... sois tranquille... j'rattraperai l' temps perdu. Camarades, les siècles nous contemplent!... comme il a dit, le petit... Oùs qu'y sont, ces Bédouins? qu'on les détruise... En avant! j'ai la cocarde de l'ancien, en route!

(Air du pas redoublé, il sort en courant, la feuillade continue.)

SCÈNE VII.

CATIN, seule.

Pauvre la Cocarde! la tête n'y est plus. Maintenant il ne peut plus supporter la boisson... Pourvu qu'il ne fasse pas quéque bêtise... (La fusillade redouble.) V'là que ça ronfle... Ça fait mal, quand on pense qu'une partie de ces balles-là atteignent des Français. (Elle regarde dans la coulisse et monte sur le tertre.) Ah! d'ici l'on peut tout voir.

Air de Bonaparte à Frignane.

Ah! je tremble pour nos soldats!
Oui, déjà le combat s'engage;
Les Bédouins ont l'avantage,
Mais les nôtres ne reculent pas...
Chacun d'eux, dans la mêlée,
S'élance à travers les feux;
Notr' colonne est ébranlée
Par nos ennemis plus nombreux.
S'ils sont plus que nous dans leurs rangs,
Qu'importe, on saura les combattre;
Des Français... ça compte pour quatre;
Ils l'ont prouvé d'puis long-temps.
Mais l'affaire routine,
Je ne vois plus rien, hélas!
La poudre obscurcit ma vue,
Je cherche en vain nos soldats!
Daigne écouter ma faible voix,
O Dieu puissant de la victoire!
Si tu nous refusais d'la gloire,
Ça s'rait donc la première' fois.
Et vous, nos amis de France,
De roi fier's, pleins de valeur,
Ah! pour payer la vaillance,
Fabriquez des croix d'honneur.
Mais que vois-je! oui, ce sont eux.

Oui, j'les vois. Ah! plus de doute,
Nos ennemis sont en déroute,
Et la victoire est à nous,
Oui, la victoire est à nous. (bis.)
Courons au-devant d'eux,

(Elle sort.)

SCÈNE VIII.

CHAUVIN, DUMANET.

(Ils amènent deux odalisques qu'ils ont affublées de leurs sacs; ils ont chacun un turban sur la tête. Air du Barbier de Séville : entrée du comte Almaviva en soldat ivre.)

CHAUVIN.

Par ici, odalisque, par ici... Corbleu, suivez vos vainqueurs! Arrive donc, Dumanet.

DUMANET.

Me v'là, me v'là... Fallait bien que j'attachisse mon chameau. (A l'odalisque.) Porte mon sac, souris de Mahomet, ou je t'extermine, car je suis féroce comme le Bédouin.

LES DEUX ODALISQUES.

Pitié, monsieur le soldat.

DUMANET.

Nous allons voir ça.

CHAUVIN.

Dis donc, Dumanet, c'est amusant d'être vainqueur... Regardez-moi, odalisque, vous implorez vos maîtres... Approchez, nous ne sommes pas des Brutus.

DUMANET.

Approchez, sultanesses, nous ne sommes pas des rhinocéros.

ZELMIRE et NÉARA.

Ne nous faites point de mal.

CHAUVIN.

Fi donc! au contraire, nous sommes de bons enfants; mais, dam'!...

AIR : Garde à vous !

Filez doux. (bis.)
Tâchez d'nous satisfaire;
Si vous pourrez nous plaire,
Ça s'ra tant mieux pour vous.
Filez doux. (bis.)
Mon amis est tendre et bonne,
Mais faut fair' c' que j'ordonne,
Sinon je donn' des coups,   } bis.
Filez doux.

DUMANET, lui tapant sur l'épaule.

Farceur, va... on voit bien que tu as l'habitude de parler à des dames.

CHAUVIN.

Viens ici, mon odalisque; viens, souris de Mahomet; viens, ma chatte.

NÉARA.

Me voici.

DUMANET, à Zelmire, d'un air précieux.

Approchez, sultanesse!

ZELMIRE.

Je suis à vos ordres.

DUMANET.

Dis donc, Chauvin?

CHAUVIN.

Hein?

DUMANET.

Entends tu? elle est à mes ordres... C'est bien mademoiselle; comment vous appelez-vous?

ZELMIRE.

Zelmire.

CHAUVIN.

Tiens, comme la petite chienne à ma tante. Oh! ma tante sera bien surprise, quand je lui dirai que j'ai trouvé l'anonyme de sa petite chienne à Alger. (A Néara.) Et toi, comment t'appelles-tu?

NÉARA.

Néara.

DUMANET.

Néara...

CHAUVIN.

Ra... c'est fort joli... Néara.

DUMANET.

Oui, mais c'est trop difficile à retenir... je ne pourrai jamais dire Néara. C'est fort amusant d'être pacha.

CHAUVIN.

C'est pas tout... tu vas voir, faut leur faire la cour. Je lui jetterais bien l'mouchoir, mais j'en ai pas. C'est égal... Néara, votre vainqueur voudrait un baiser.

NÉARA.

Oh! non.

(Elle cherche à s'échapper.)

CHAUVIN, la retenant.

Doucement, doucement, odalisque... Diable! vous n'êtes pas encore civilisés dans votre pays!

DUMANET, d'un air aimable.

Zelmire, votre maître veut un baiser.

ZELMIRE.

Non, non, laissez-moi.

DUMANET.

Ah çà! comme elles sont farouches!... Dis donc, Chauvin, elle ne veut pas...

CHAUVIN.

Ça n'fait rien... raison de plus... c'est bien là ce qui en fait le charme.

Air du Barbier de l'Empire.

CHAUVIN.

Il faut les embrasser.

NÉARA et ZELMIRE.

Ah! daignez nous laisser!

CHAUVIN.

Nous n' voulons point d'entraves.

NÉARA et ZELMIRE.

Ayez pitié de nous!

CHAUVIN.

A nos vœux rendez-vous,
Car vous êtes nos esclaves.

NÉALA et ZELMIRE.

Grace!

CHAUVIN.

Non pas.

NÉALA et ZELMIRE.

Grace, messieurs les soldats.

CHAUVIN.

N' craignez point qu'on vous risque,
N' m' croyons-z Français;
Nous aimons les attraits,
Mais nous respectons l' sexque.

ENSEMBLE.

CHAUVIN.

Il faut les embrasser, etc.

DUMANET.

Ah! c'est charmant!
Ces femmes-là, vraiment,
N' sont point du tout communes,
On m' dira plus
Que nous sommes venus
En Afriqu' pour des prunes.

ENSEMBLE.

Il faut les embrasser, etc.

DUMANET.

Je l'ai embrassée deux fois... Je suis dans le ravissement!

CHAUVIN s'assied mollement sur le terre.

Dumanet, viens ici...

DUMANET.

Pourquoi?

CHAUVIN.

Tu vas voir.... Bayadères amoureuses, je voudrais que vous charmissiez nos loisirs.

DUMANET, à part.

Quelle idée il a!... Oh! homme à femme, va!

CHAUVIN.

Vous allez déployer les ressources de votre état... Tâchez de flatter nos caprices, et nous serons bons pour vous; nous sommes vos vainqueurs, vos maîtres, mais nous aurons des égards, tout en vous traitant comme des esclaves. Faites comme si vous étiez au sérail.... nous sommes les pachas... ainsi donc, chantez, dansez, et quand vous aurez fini, vous recommencerez pour délecter nos ames...

DUMANET.

J'aimerais assez que vous nous jouissiez un petit air de clarinette.

CHAUVIN.

Imbécile, nous n'avons pas seulement un simple mirliton... Allons, odalisques, commencez...

(Néara et Zelmire s'avancent pour danser, lorsqu'on entend un roulement. Dumanet et Chauvin se lèvent.)

DUMANET.

Qu'est-ce que c'est qu'ça?

ZELMIRE.

Air : Entendez-vous! etc. (de la Fiancée).

Entendez-vous? c'est le tambour
Qui vous appelle à votre poste.
Entendez-vous? c'est le tambour
Qui doit ici commander à l'amour.

CHAUVIN, à Néara qui veut se sauver.

Arrêtez, charmante bayadère!
Avec nous demeurez un instant,
Nous avons l' temps; car nous autr's militaires,
Nous f'sons l'amour tambour battant.

(Roulement.)

CHŒUR.

Entendez-vous? c'est le tambour, etc.

CHAUVIN et DUMANET.

Eh! oui, vraiment, c'est le tambour, etc.

(On entend un autre roulement.)

CHAUVIN.

D'able, y sont pressés, faut les rejoindre, ça n'badine plus.

DUMANET.

Qu'est-ce que nous allons faire de notre château et de nos esclaves?

CHAUVIN.

Nous verrons, nous verrons... mais vite en route! sans quoi on nous mettrait aux arrêts.

Air de la Galopade.

Vit', sauvons-nous, ne perdons pas de temps,
Gar' la sall' de police;
Car, sans façons, quoiqu' nous soyons sultans,
On nous mettrait dedans.

DUMANET et CHAUVIN.

Vit', sauvons-nous, etc.

NÉARA et ZELMIRE.

Vit', sauvez-vous, ne perdez pas de temps,
Gar' la sall' de police;
Car, sans façons, quoiqu' vous soyez sultans,
On vous mettrait dedans.

(Chauvin et Dumanet vont pour sortir, quand ils sont arrêtés par plusieurs Bédouins.)

DUMANET.

Ah! v'là des Bédouins... En avant, l'briquet?

UN BÉDOUIN.

Rendez-nous ces esclaves! ou vous êtes morts?...

CHAUVIN.

Nous ne rendons rien du tout. Allons, chaud, chaud, en avant!

(Chauvin et Dumanet se battent contre six; Bédouins, ces derniers les serrent de près; ils reprennent les esclaves. Chauvin et son camarade vont succomber, quand paraît le vieux la Cocarde.)

LA COCARDE, s'élançant sur les Bédouins.

Tout beau, moricauds!... j'vais vous donner du fil à retordre... Ah! vous êtes cinq contre deux... (A Chauvin.) Courage, enfans! l'ancien est avec vous!

(Ils se battent un moment; mais les Bédouins fuient bientôt. La Cocarde tire sur eux et les poursuit.)

DUMASET.

Ils se sauvent, les lâches !... Ouf ! le danger
est passé !... c'est à ce brave la Cocarde que
nous devons la vie.

CHAUVIN.

Oh ! oui, sans lui nous allions être massa-
crés... (Regardant dans la coulisse.) Oh ! comme
il les poursuit !... En v'là un brave !... Ah !
v'là les autres qui arrivent.

SCÈNE IX.

LES MÊMES, DUFOUR, SOLDATS.

(Les soldats arrivent ; ils apportent des objets de convoi.
Air d'entrée.)

DUFOUR.

C'est ici le point de ralliement. (Apercevant
Chauvin et Dumaset.) Tiens, qu'est-ce que vous
faites donc là, vous autres ?... Qu'est-ce qui
vous est arrivé ?

CHAUVIN.

Il nous est arrivé que nous avons joliment
manqué d'sauter le pas. Nous avions cinq Bédouins à nos trousses... et nous étions perdus,
quand notre brave camarade, le vieux la Cocarde est accouru à notre défense... c'est vous
dire que les autres ont décampé plus vite que
ça.

DUMASET.

Et maintenant il leur taille drôlement des
croupières !... Il les a poursuivis de ce côté-là...
J'suis sûr que les autres sont bien loin.

DUFOUR.

C'est bon ! qu'on reste ici... Je vais voir s'il
n'y a pas par-là quelques clampins... nous
nous remettrons ensuite en route. Je reviens à
l'instant. (A part.) Ce la Cocarde, je ne le pren-
drai donc pas en défaut !

(Il sort.)

UN SOLDAT.

Ah ! voilà la Cocarde qui revient avec deux
prisonniers.

SCÈNE X.

LES MÊMES, LA COCARDE : il a le visage rouge et animé.

LA COCARDE.

Avancez, canailles, avancez ! Camarades,
j'vous en amène deux tout en vie. Figurez-vous
que ces moricauds-là s'étaient cachés dans un
buisson. J'les ai dénichés tout d'même ; au fait,
ils avaient raison de se cacher, y sont pas beaux
du tout. Ils s'étaient mis cinq contre deux,
c'est pas franc... c'est pas Français... Aussi de-
mandez-leur comme je les ai mouchés. Répon-
dez, Bédouins, vous ai-je mouchés ?... (A
Dumaset et Chauvin.) Enfants, je suis content
de vous ! vous êtes de courageux blancs-becs.

DUMASET.

Ça nous fait plaisir c'que vous dites là,
l'ancien.

CHAUVIN.

Oh ! oui, qu'ça fait plaisir !... Tenez, vieux
grognard, voyez-vous, j'aime mieux un com-
pliment d'vous que d'notre capitaine... C'est
que, voyez-vous, toute l'armée vous aime et
vous estime, vous !... nous vous prenons tous
pour modèle. Vous n'avez pas d'grade, vous ;
mais vos épaulettes de laine, qui sentent la
poudre, sont plus respectées que des épaulettes
d'or... oui, tout le monde aime et respecte le
vieux la Cocarde... La Cocarde ! quel beau
nom ! Ah ! j'veux pas m'nommer Chauvin, moi,
c'est trop bête... j'veux m'nommer la Victoire,
ou bien César... ou bien Apollon... c'était un
fameux troupier... Oh ! l'ancien comme c'est
beau d'se nommer la Cocarde !

LA COCARDE.

Oui, que c'est un beau nom !... Ça me rappelle toujours l'époque à laquelle on m'a nommé ainsi. (Pause. — Tous les soldats entourent la
Cocarde.) Nous v'nions de nous battre... Le petit
était à pied, il avait prêté son cheval à mon
pauv' père, qui était blessé... On venait de faire
halte... quelle soirée, millezieu !... Le soleil se
couchait tout rouge... on voyait au loin les Pyramides... Il s'arrête près de moi, (il s'efface,) et me
regarde, et v'là qu'i me dit : « Je te reconnais,
mon brave ? — C'est possible, que j'dis... nous
nous serons vus où qu'il y avait de la fumée...
— Comment t'appelles-tu ?... — Le nom n'y
fait rien, que j'réponds. » Alors y m'présente
la main comme ça... Mille tonnerres, j'me fais
pas prier, je l'empoigne, et j'suis sûr qu'y s'en
est ressenti... dam', j'y allais d'bon cœur... Ma
cocarde s'était perdue dans le combat, y s'en
aperçoit... et y m'donne la sienne... et il l'avait
portée !... et moi aussi, j'l'ai portée !... tant que
j'ai pu... Mes camarades, depuis c'jour-là, ne
m'ont plus nommé que la Cocarde... Et maintenant sa cocarde...

CHAUVIN, avec émotion.

Eh bien ! maintenant...

LA COCARDE, frappant sur son cœur.

Maintenant, elle est là... (Ouvrant son habit.)
Tenez, la voilà.

CHAUVIN.

Que fais-tu, tu vas te perdre !

TOUS, regardant la cocarde.

Ah ! qu'elle était belle, notre vieille cocarde !

LA COCARDE.

Celle-ci ne me quittera pas ! tant que je vi-
vrai, elle restera là, sur ce cœur qui battra
toujours au nom de Napoléon.

DUMASET.

Ah ! la Cocarde, permettez-moi de la tou-
cher.

(La Cocarde la lui présente, Dumaset la baise, Chauvin
et les autres l'imitent.)

CHAUVIN.

Quelles brillantes couleurs!... (À la Cocarde
qui replace sa cocarde sur sa poitrine.) C'est pas là
qu'elle devrait être... comprenez-vous, l'ancien?

LA COCARDE.

Que dis-tu?

DUMANET.

Chauvin a raison... C'est là, sur votre schako, qu'il faudrait la voir.

TOUS.

Oui! oui!

LA COCARDE, jetant la cocarde blanche, et plaçant la
sienne à son shako.

Ici, ici, vous voulez dire... Tenez, la voilà!

(Tous les soldats s'effacent et portent la main au front, en
signe de respect. La Cocarde est rayonnante de bonheur.
Dufour paraît au fond.)

CHŒUR

Air : Je reconnais ce militaire.

LES SOLDATS.

Salut, cocarde de nos braves,
Salut à tes nobles couleurs!
Nous souffrons d'être des esclaves,
Te revoir fait battre nos cœurs. (bis.)

CHAUVIN.

Ces couleurs de notre patrie
Rappellent des souvenirs bien doux.

LA COCARDE.

Puisses-tu, cocarde chérie,
Revenir un jour parmi nous! (bis.)

REPRISE.

Salut, cocarde de nos braves, etc.

DUFOUR, arrivant tout-à-coup.

Que vois-je! la Cocarde, que faites-vous?
quel est ce signe de révolte?

LA COCARDE.

Silence, sergent de protection!

DUFOUR.

Vous allez de ce pas être conduit à la garde
du camp... Rendez-moi cette cocarde.

LA COCARDE, tirant son sabre.

Viens la prendre, si tu l'oses! (Dufour veut la
lui arracher, la Cocarde le repousse et lève son sabre sur
lui.) Arrière, sergent Dufour, je n'aime pas les
jésuites.

CATIS, se jetant au devant de la Cocarde.

Que fais-tu? imprudent! tu vas te perdre.

LA COCARDE.

Laisse-moi le corriger... Soldats, voilà les
couleurs qui conviennent à tous braves!... À
bas votre torchon! vive la cocarde tricolore!
Celle-là, c'est toi qui me l'a donnée; elle a été
sur son petit chapeau... Sergent Dufour, viens
donc la chercher!

SCÈNE XI.

LES MÊMES, LE LIEUTENANT.

LE LIEUTENANT.

Quel est le motif de ce désordre?... Que
vois-je! la Cocarde, qu'avez-vous fait!

LA COCARDE.

J'ai fait, j'ai fait... ça ne regarde personne.
(Le reconnaissant.) Quoi! c'est vous, mon lieutenant? vous? le fils de mon brave colonel, vous
aussi, vous voulez m'ôter ma cocarde?

(Il pleure.)

LE LIEUTENANT, à part, avec compassion.

Le malheureux! je ne puis le sauver. (Haut.)
Sergent, faites votre rapport, je ferai mon devoir.

DUFOUR, à part.

Ça ne sera pas long.

CATIS.

Hélas! il est perdu!...

LE LIEUTENANT.

La Cocarde, donnez-moi votre sabre, il le
faut... mon devoir... (La Cocarde fait un mouve-
ment; le lieutenant lui dit plus bas.) Ah! crois bien
que je ferai tout pour te sauver... Mais qu'as-
tu fait, malheureux!

LA COCARDE, donnant son sabre et se frottant les yeux.

J'ai fait un rêve, mon lieutenant... je me
croyais aux pyramides!...

(On entend le canon.)

LE LIEUTENANT.

C'est le signal de l'attaque: aux armes!

TOUS LES SOLDATS.

Aux armes!

CHŒUR.

Air du Siège de Corinthe.

Oui, c'est le signal qui résonne,
Au combat courons à l'instant;
Courons tous, car le canon tonne,
Et la victoire nous attend.

LE LIEUTENANT.

(À la Cocarde.)

Partons, amis. Apaise tes alarmes,
De mon pouvoir je saurai te servir.

LA COCARDE.

Ah! par pitié, qu'on me rende mes armes,
Et qu'aux combats je puisse aller mourir!

(La Cocarde fait voir son désespoir de ne pas pouvoir
aller se battre. Les soldats défilent; Catis, en les regardant partir, s'aperçoit qu'on a laissé sur le banc le sabre
de la Cocarde, et son fusil derrière l'arbre. Elle court à
lui, et lui donne ses armes. Ils s'écrient, et la Cocarde se hâte de rejoindre ses camarades. — Tableau.)

ACTE SECOND.

Le théâtre représente l'intérieur du sérail. À droite, sur le premier plan, l'aga fume, étendu mollement sur des coussins. Au fond, sur la terrasse, Ali regarde à travers une grande lunette, qui est sur un trépied, et examine ce qui se passe au-dehors. Des odalisques dansent et forment des groupes.

SCÈNE I.
L'AGA, ALI, ZULÉMA, CLARA,
Odalisques.

CHOEUR.

ALI.

Aux genoux de notre maître
Les Français vont tenir tous.
Mahomet va les soumettre,
Ils tomberont sous nos coups.

(L'aga leur fait signe de sortir. Les odalisques sortent, et saluent l'aga en passant devant lui.)

L'AGA.

Eh bien, Ali ?

ALI, humblement.

Grande lumière ! nos amis les Bédouins commencent leurs escarmouches... Ils sont à peu près deux mille.

L'AGA.

Bon... Examine avec soin, afin que je rende un compte exact de la bataille à notre sublime dey, après lequel je commande en ces lieux.

ALI, examinant toujours.

Nos Bédouins vont, je crois, attaquer un corps français.

L'AGA.

Combien sont-ils, ces Français ?

ALI.

Cinq cents environ, grande lumière.

L'AGA.

Par ma barbe, ils sont fous ! Cinq cents contre deux mille ! Jamais nos Turcs ne feraient des bêtises comme ça.

ALI.

Ils se croient forts comme des Turcs !... Nous verrons... ils apprendront bientôt à connaître notre souverain maître... et leurs fronts insolents se courberont dans la poussière de votre palais.

L'AGA, se levant.

Je ne puis retenir de leur audace !

ALI : Muse des bois et des accords champêtres.

Par Mahomet, c'est une extravagance ;
À nous croit-on se frotter sans danger ?
Il est donc fou, ce monarque de France ?
Que vient-il faire au royaume d'Alger ?
Songe-t-il bien à sa pompe couronnée,
Ce roi des Francs, que l'on dit si chrétien ?
Et lorsqu'il vient pour renverser un trône,
Lui-même est-il bien assis sur le sien ? } bis.

ALI.

On dit qu'il s'amuse à chasser.

L'AGA.

Qu'il tire sa poudre aux moineaux... nous tirerons la nôtre sur les troupes. (On entend une fusillade.) Ah ! ah ! l'affaire s'engage... vois un peu, Ali ; sans doute ces Français insolents sont balayés, anéantis, n'est-ce pas ?

ALI.

Oh ! Mahomet !... ou mes yeux sont couverts d'un voile trompeur, ou je vois les Bédouins fuir avec rapidité.

L'AGA.

Misérable ! qu'oses-tu dire ?... Ce sont les Français qui se sauvent. . ça ne peut pas être autrement.

ALI.

Cependant...

L'AGA.

Silence !

ALI : Peste, dis-moi par amitié.

Factore, ne blasphème point ;
Quoi ! les Bédouins en déroute !
C'est impossible, et d'aussi loin
Tes yeux se sont trompés sans doute ?

ALI.

Je vais m'efforcer d'y voir mieux ;
Mais je crains d'avoir la berlue.

L'AGA.

Gare à toi, si c'est la berlue ;
Car je te fais crever les yeux,
Afin de t'éclaircir la vue.

ALI, après avoir regardé.

Grande lumière du Prophète, les tourbillons de poussière m'empêchent de bien distinguer ; votre œil, peut-être, apercevra mieux que le mien ce qui se passe.

L'AGA.

Voyons donc moi-même.

(Il regarde.)

ALI, à part.

J'aime mieux ça.

L'AGA, après avoir regardé, saisit Ali par le cou, et lui met la tête à la lunette.

Infâme menteur ! ne vois-tu pas que tous ces Français, et particulièrement ceux qui sont au premier rang, se mettent à genoux devant nos troupes... or, quelqu'un qui se met à genoux est vaincu et demande quartier... Mes Turcs sont invincibles ! le Prophète m'a promis la victoire.

ALI.

Je ferai observer à ta hautesse que la manière de se battre des Français...

L'AGA.

Silence. Ah!... ou je te fais empaler... (Il s'assied.) Que les danses recommencent.

(Les odalisques rentrent en scène, apportent des fleurs et des cassolettes qu'elles déposent aux pieds de l'aga.)

REPRISE DU CHŒUR.

Aux genoux de notre maître
Les Français sont venir tous,
Mahomet va les soumettre,
Ils tomberont sous nos coups.
} bis.

L'AGA.

Zuléma, viens près de moi, et chante-moi une de ces romances qui savent me charmer.

(Zuléma accompagne Zuléma avec une mandoline.)

ZULÉMA.

AIR : Bonheur de se revoir.

Dans ces heureux séjour la volupté respire,
L'amour y fait sentir son pouvoir enchanteur;
D'un maître gracieux nous chérissons l'empire,
Et ce serait ch... ment renfermer le bonheur.
Ah! ah! ah! ah! ah! c'est ici qu'est le bonheur. (bis.)

Oui, l'on trouve en ces lieux les plaisirs de la vie,
Un charme plein d'attraits vient agiter le cœur.
Concerts, Zéphirs légers, parfums, douce ambroisie,
Tout vient s'y réunir pour donner le bonheur.

(Les odalisques recommencent leurs danses; mais bientôt une forte détonation se fait entendre; on entend battre la générale. Toutes les femmes se jettent à genoux. Un officier turc entre; l'aga se relève.)

L'OFFICIER, à l'aga.

Grand et puissant seigneur, malgré tous nos efforts, les Français sont sur le point de pénétrer dans la ville, et je crois que la fuite...

L'AGA.

La fuite!... Malédiction sur ta tête!... Il nous reste encore des moyens de défense.

ALI.

Grand soleil, vous feriez mieux de vous éclipser.

L'AGA.

Silence, ou je te fais couper la langue. Grand Mahomet, venge-nous!... Si le soudan français remporte la victoire... (Il réfléchit.) Oui, c'est décidé... Ali, je te donne la garde de mes épouses. Tranquillise-vous, ce palais est miné, et si nos ennemis arrivent dans ces lieux, nous sauterons tous.

ALI.

En serai-je, grande lumière?

L'AGA.

Je ne sais si je dois t'accorder cet honneur... Au fait, rassure-toi, tu sauteras aussi. Je vais aller recevoir les nouveaux ordres du dey. J'ai commandé qu'on détachât les fers de tous les prisonniers, et qu'on leur fît donner des armes... Ai-je été obéi?

L'OFFICIER.

Vos ordres ont été exécutés... Les galériens ont béni votre clémence... les voici. On les

amène ainsi qu'un vieux militaire fait prisonnier! ce soldat s'est élancé au milieu de nos balles, une hache à la main, et a ouvert un passage aux Français, en brisant la première porte de la citadelle.

L'AGA.

Pourquoi ne l'a-t-on pas massacré?

L'OFFICIER.

Nous avons cru devoir l'épargner dans l'espoir qu'il pourrait faire quelques révélations.

L'AGA.

C'est bien.

L'OFFICIER.

Voici les prisonniers.

(Les odalisques sortent. — Air d'entrée.)

SCÈNE II.

LES MÊMES, JULIEN, LES PRISONNIERS de diverses nations, puis LA COCARDE.

L'AGA, aux prisonniers.

Vous êtes tous des misérables! mais j'ai besoin de vous, et j'oublie que vous êtes des galériens, pour vous faire la grâce de vous laisser tuer pour notre sublime dey... Y consentez-vous?

LES PRISONNIERS.

Oui, donnez-nous des armes.

(On leur distribue des armes.)

JULIEN.

Quant à moi, je demande à être reconduit aux galères.

L'AGA.

Comment, coquin, tu refuses la liberté?

JULIEN.

Il faut se battre contre des Français, et je suis né en France.

L'AGA.

Vous aurez soin qu'on l'empale... s'il n'obéit d'ici à une heure.

L'OFFICIER.

Il suffit. On amène ce soldat français...

L'AGA.

Qu'il approche.

(La Cocarde arrive. — Même air d'entrée que celui des prisonniers.)

ALI, à la Cocarde.

Prosterne-toi devant ton souverain maître, la lumière du Prophète.

LA COCARDE.

Qu'est-ce que cela veut dire, la lumière?... cette vieille lampe-là?

ALI.

Je te dis de courber la tête devant notre sublime maître.

LA COCARDE.

Hein?...

Air de l'Artiste.

Ici, dans la poussière,
Que j'abaisse mon front?

Qui? moi! vieux militaire...
Oh! non, mille fois non!
La tête d'un vrai brave
Tombe dans les combats;
Mais appercu, s'il recule,
Qu'ell' ne se courbe pas. (bis.)

L'AGA.
Il fait le matin, je crois...

LA COCARDE.
C'est que je ne crains rien.

L'AGA.
Insensé!... Écoute, si tu me dis sur quels
points les tiens ont réuni leurs forces, et de
quel côté ils veulent entrer dans cette ville, je
te donne la liberté et un chameau chargé d'or...
Dis-moi donc ce que tu sais...

LA COCARDE.
Je ne sais rien. Quant à vos trésors, je ne
vous conseille pas d'en disposer... car dans quelques heures, ils ne seront plus à vous.

L'AGA.
Insolent!... Vous croyez-vous déjà vainqueurs?

LA COCARDE.
Mais ça m'fait c'l'effet-là.

L'AGA.
Bah! vous n'aurez plus votre Napoléon à votre tête.

LA COCARDE.
C'est vrai, c'est un brave de moins; mais il
y en a d'autres... Les généraux ont changé,
mais les hommes sont les mêmes; on vous
l'prouvera bientôt.

L'AGA.
Il me fait rire de pitié...

LA COCARDE.
Rira bien qui rira le dernier.

L'AGA.
Il ose m'insulter, je crois.

LA COCARDE.
Qui se sent morveux se mouche.

L'AGA.
C'en est trop!... qu'on l'étrangle à l'instant.

LA COCARDE.
Mon Dieu, étranglez-moi, peu m'importe!...
Ici ou près des miens, il faut que je meure...

L'AGA.
Que dis-tu?

LA COCARDE.
J'étais condamné à mort pour cause d'indis-
cipline... Du moins, je ne périrai pas de la
main d'un Français, et je mourrai content,
puisque je viens d'être utile à mon pays.

L'AGA.
Quoi! tu es destiné à mourir au milieu des
tiens?... Eh bien, puisqu'ils veulent te tuer, je
te fais grâce... (Aux siens.) Qu'on épargne cet
homme!

(On entend la fusillade.)

L'AGA.
Courons au fort de l'Empereur, et allons
tout préparer pour nous venger.

Air de Rossini.
Quelle insolence!
Du roi de France
Je saurai punir l'arrogance;
Dans mes états,
Tous ses soldats
Trouveront bientôt le trépas. (bis.)
Non, ces Français, remplis de suffisance,
D'être vainqueurs n'ont pas se vanter;
On dit qu'ils sont amateurs de la danse,
Eh bien, alors, je les ferai sauter.

Quelle arrogance! etc.

(Il sort avec ses soldats.)

SCÈNE III.

JULIEN, LA COCARDE.

LA COCARDE.
Eh bien! tu ne vas pas avec eux, toi?

JULIEN.
Non, car je suis Français comme vous, et
je ne l'ai pas oublié, quoiqu'il y ait des années
que je gémisse dans les galères.

LA COCARDE, lui tendant la main.
Touchez-là... Bien, mon garçon, bien; on
se console de porter des fers, mais jamais de
trahir son pays.

JULIEN.
Ah! dites-moi s'il nous reste quelque espoir...
si je reverrai la France?

LA COCARDE.
Si vous la reverrez... milledieu! certainement. Dans quelques heures vous serez libre.

JULIEN.
Libre... Oh! que ce mot fait de bien!... libre!... ce n'est point une illusion?

LA COCARDE.
Non, mon ami, non... Les nôtres seront
bientôt maîtres de cette ville, et vous pourrez
retourner dans votre pays, et porter le bonheur
dans votre famille.

JULIEN, soupirant.
Ma famille!... non, je n'en ai point.

LA COCARDE, avec intérêt.
Vous n'avez plus de famille?

JULIEN.
Je n'en ai jamais eu.

Air de l'Angélus.
Je ne possède aucun parent,
Du sort, hélas! triste caprice!
Pour père j'eus un régiment,
Un' vivandièr' fut ma nourrice. (bis.)
Nul ne désire mon retour,
Je suis sans amis sur la terre;
Mais la Franc' m'a donné le jour,
Et j'veux aller revoir ma mère. (bis.)

LA COCARDE.

Pauvre enfant!... du moins tu reverras notre pays... tu es encore plus heureux que le vieux la Cocarde.

JULIEN.

La Cocarde, dites-vous? votre autre nom serait-il Robert?

LA COCARDE.

Oui, sans doute... tiens, j'suis donc en pays de connaissance! je ne te reconnais pas; mais j'ai du plaisir à te voir.

JULIEN.

Depuis dix ans, voilà au moins un jour de bonheur. Moi qui croyais avoir tout perdu, je retrouve un vieux camarade, un ami.

LA COCARDE, l'examinant.

Que dis-tu! j'ai été ton ami... et je ne te reconnaîtrais pas... sobleu!... vois-tu, c'est que ma pauvre tête est malade!... attends donc... ce que tu m'as dit tout-à-l'heure... tu es enfant de troupe?... quel espoir!

JULIEN.

Eh quoi! mon vieux Robert, vous ne vous rappelez pas ce petit tambour si méchant?

LA COCARDE.

Si, si... mais je crains de me tromper... un bonheur aussi inespéré! Julien! Julien! dis-moi si c'est toi?

JULIEN.

Oui, je suis Julien.

LA COCARDE.

Mon fils, embrasse-moi!

(Ils s'embrassent.)

JULIEN.

Oui, vous m'avez aimé comme un fils, et vous avez servi de père au pauvre orphelin abandonné.

LA COCARDE.

Toi, orphelin abandonné... et si tu te trompais, si je te disais que ton père existe?

JULIEN.

Il serait vrai!

LA COCARDE.

Que des motifs l'obligèrent à se taire sur ta naissance, et que depuis dix ans, son seul vœu est de te revoir, de t'embrasser, et de mourir en te disant : Julien, tu es le fils de Robert, du vieux la Cocarde!

JULIEN.

Mon père!... ah! mes pressentiments ne me trompaient donc pas!

LA COCARDE.

Ah! viens donc encore dans mes bras!

Air : Époux imprudent, fils rebelle.

C'est toi, mon fils, que dans mes bras je presse;
Quel doux instant! Ah! c'est trop de plaisir!
Le sort enfin te rend à ma tendresse.
Ah! sur mon cœur je veux te retenir.
Mon pauvre fils, comme ils t'ont fait souffrir!

JULIEN.

Pendant dix ans, accablé de misère,
De l'esclavage j'ai subi les horreurs;
Mais aujourd'hui j'oublie tous mes malheurs,
En pressant la main de mon père. (bis.)

LA COCARDE, à part.

Son père! y n'aura pas long-temps, hélas!
ah! cachons-lui ça.

JULIEN.

Et mes vieux camarades!... et la bonne vieille Catin qui m'a élevé, vit-elle encore?

LA COCARDE.

Ah! dam', y en a qui manquent à l'appel... quant à la bonne vieille, à Catin, elle existe toujours. Ah! j'ai bien des choses à t'apprendre; mais c'est pas le moment. (On entend la fusillade.) Mille tonnerres! on s'bat là-bas, et nous sommes ici.

JULIEN.

Comment faire? nous sommes gardés.

LA COCARDE.

Ah! c'est égal, il m'est impossible de rester ici... les boulets doivent être étonnés de ne pas me voir dans les rangs.

JULIEN.

Courons donc, renversons cette sentinelle, et frayons-nous un chemin.

LA COCARDE.

Bien, mon fils, bien; partons!

(Air de sortie. Ils vont pour sortir, les sentinelles s'y opposent. Julien en renverse une, la Cocarde désarme l'autre, la jette par dessus la muraille, et ils partent.)

SCÈNE IV.

ALI, ZULÉMA, ZELMIRE, CLARA;

ODALISQUES ; elles arrivent en courant.

CHŒUR.

Air du vaudeville de l'Épée et le Bâton.

LES ODALISQUES.

Accourons en ces lieux,
On est bien sur cette terrasse;
Pour voir ce qui se passe,
En cet endroit nous serons mieux.

ALI.

Rentrez donc, s'il vous plaît;
Écoutez-moi, mesdames :
Parler raison aux femmes,
C'est comm' si l'on chantait.

LES ODALISQUES.

Nous restons en ces lieux, etc.

ALI.

Mesdames, rentrez dans l'appartement où vous étiez; ce n'est pas ici qu'il faut rester.

ZULÉMA.

Non... nous voulons voir ce qui se passe, et demeurer dans cette galerie... Dites donc, mesdames, nous allons donc les voir, ces gentils Français! je brûle de les connaître. Toi, Zel-

mire, qui les as vus, puisque tu as été leur pri-
sonnière pendant quelque temps, parle-nous-en
donc; ces deux soldats t'ont-ils fait peur, quand
ils t'ont prise avec Néara?

ZELMIRE.

Oh! mon Dieu non!

Air: Mon pays brave tout.

Ils avaient pris d'abord un ton sévère,
Et je croyais qu'ils étaient fort méchants;
Mais ils changent bientôt de caractère,
Et chacun d'eux nous fit des compliments.
J'étais sans crainte, quoique je vois peureuse,
De leur présence je n'eus pas de frayeur;
Enfin, près d'eux, j'étais si courageuse, (bis.)
Qu'une douzaine ne m'aurait pas fait peur.
Je puis vous assurer qu'ils sont fort aimables;
mais Clara, d'ailleurs, qui est Française, peut
nous en dire davantage.

CLARA, soupirant.

Ah! oui, ces êtres-là sont bien aimables.

ALI.

O horreur! que dites-vous là?.... les Français
aimables! Mesdames, n'écoutez pas cette petite
qui vous fait des contes en l'air; apprenez donc,
au contraire, qu'ils sont faux, volages, volon-
taires!

ZELMIRE.

C'est égal!

ALI.

Trompeurs, insolents, entêtés...

ZELMIRE.

C'est égal!

ALI.

On dit même qu'ils battent les femmes.

CLARA.

C'est égal! ils sont charmants.

TOUTES.

Oui, oui, ils sont charmants!

ALI.

O Mahomet! comme elles divaguent!... Comment pouvez-vous trouver ces Français charmants? de loin, il est possible de s'y tromper;
mais si vous les voyiez de près, vous les trouve-
riez affreux!

CLARA.

Eux, affreux! quelle calomnie!... (Aux odalisques.) Si vous pouviez voir mon Eugène, mon
étudiant en médecine, vous verriez s'ils sont af-
affreux!

ZELMIRE, à Ali.

Je les ai bien vus, moi, et vous ne savez ce
que vous dites.

ALI.

Je vous dis qu'ils sont affreux! et puis, quel
caractère!

Air du vaudeville des Frères de lait.

Ils sont méchants, jaloux, pleins d'arrogance,
Trompeurs, boudeurs, insolents et fort laids,
C'est une horreur... Enfin, sachez qu'en France
Tous les maris à leurs femmes font des traits:
Voilà, ma chère, ce que sont vos Français.

ZULÉMA.

Oui, mais chez eux on n'enferme point les dames;
Tout est permis dans leur charmant pays,
Et si par-fois les maris trompent leurs femmes,
Les femmes du moins peuvent tromper leurs maris.

ALI.

Si notre sublime dey vous entendait...

ZULÉMA.

Oui, mais il ne nous entend pas, et comme
nous ne voulons pas que tu saches non plus ce
que nous disons, va le rejoindre; va, Ali, tu
nous rapporteras de ses nouvelles.

ALI.

Oui, sultane favorite, j'obéis; mais craignez
les conséquences...

ZULÉMA.

Va-t'en, tu es un sot!

ALI.

Oui, grande sultane.

ZULÉMA.

Air: Tu vas changer de costume et d'emploi.

Vite, obéis, pars, et dans un instant
Tu reviendras apporter les nouvelles;
En liberté laisse-nous un moment.

ALI.

Elles vont en dire de j'lles!

ZULÉMA.

Gentils Français, accourez nous charmer.

ALI.

Peut-on dir' des choses pareilles!
Je suis certain qu'elles vont blasphémer.
Mahomet, bouche tes oreilles! (bis.)

TOUTES.

Vite, obéis, etc.

SCÈNE V.

ZULÉMA, ZELMIRE, CLARA.

ZULÉMA.

Enfin, ce vieux fou est parti.

ZELMIRE.

Oh! mesdames, on les aperçoit d'ici.

ZULÉMA.

Qui?

ZELMIRE.

Les Français... les voyez-vous?

ZULÉMA.

C'est vrai, les voilà... Tant mieux! ils nous
délivreront de cet esclavage dans lequel on nous
retient, et nous pourrons aller en France, où
les femmes sont si heureuses.

TOUTES.

Oui, oui, nous irons en France.

CHŒUR.

Air: Vive, vive l'Italie (Prétendante d'Avignon)!

Vive le pays de France!
C'est le pays des amours,
Oui, c'est là que l'existence
Coule au milieu d'heureux jours.

Oui, c'est là que l'existence
Doit couler au milieu d'heureux jours.

ZÉLÉMA.

Ah çà! mesdames, maintenant venez ici toutes, et écoutez-moi. (On l'entoure.) Selon les apparences, il est probable que les Français seront vainqueurs d'Alger, et alors, gare à nous; car vous savez que ce sont des séducteurs.

AIR : Sur une onde tranquille.

Le Français est aimable,
Son langage est flatteur ;
Près de femme intraitable
Souvent il est vainqueur.
Craignons d'être légères ;
Mais dans notre pays
N' soyons pas plus sévères
Qu'on ne l'est à Paris.
Il faut bien nous défendre,
Sachons les repousser,
Et s'ils vienn'ent d'un air tendre
Demander un baiser,
D'abord soyons rebelles ;
Mais dans notre pays
N' soyons pas plus cruelles
Qu'on ne l'est à Paris.

} bis.

} bis.

CLARA.

Oh! bien, alors il n'y aura rien de trop...
(On entend le canon.) Pourvu qu'ils remportent la victoire!

(Il soupire.)

ZÉLÉMA.

Quel soupir!

CLARA.

Ah! ma chère, quand on a habité la rue Vivienne, et qu'on se trouve dans un sérail où l'on ne peut remuer, c'est pas gai. Où sont mes parties de Montmorency, mes mélodrames de la Gaîté?

ZÉLÉMA.

Aussi pourquoi as-tu quitté ton pays, puisque tu étais si heureuse?

CLARA.

L'ambition, ma chère... Vous savez que je travaillais dans les modes... Un beau matin j' m'avise de courir le monde, je m'embarque pour aller en Italie, faire des chapeaux et des modes.

ZÉLÉMA.

Comment, toute seule ?

CLARA.

Oh! non, j'avais suivi un commerçant anglais, qui devait m'acheter un magasin et me mettre dans mes meubles... Hélas! le pauvre homme, ils l'ont empalé, ma chère!... Notre bâtiment capturé fut conduit à Alger, et moi vendue... Depuis cette époque, j'exerce la couture pour le Grand-Turc.

ZÉLÉMA.

Il faut espérer que tu retourneras bientôt chez tes compatriotes, et nous aussi.

CLARA.

Ah! si vous saviez comme ces mortels-là ont

des séductions! quel plaisir vous trouverez dans notre capitale!... Comme j'étais heureuse avec mes camarades!...

AIR : Que de mal, de tourment (de la France)!

Grisettes de Paris,
Dans mon joyeux pays
Nous avions le bonheur en partage.
La s'maine on travaillait,
Et quand l' dimanch' venait,
Nous goûtions un bonheur sans nuage.
Dès l' matin, en coucou,
Nous partions pour Saint-Cloud,
Et l'amour, en lapin,
Avec nous faisait l' chemin.
Comm' nous nous amusions!
Dans les champs nous courions...
Nous mangions
Du lait, des macarons.
Quand arrivait le soir,
C'était un autre espoir,
Nous r'prenions l' chemin de la barrière ;
On r'venait en chantant,
Et, sans perdre un instant,
Nous allions danser à la Chaumière.
La bièr', les échaudés
Nous étaient prodigués ;
Jusqu'au milieu de la nuit
Nous dansions sans répit ;
Une foul' de jeunes gens
Nous faisaient des compliments.
Ah! vraiment,
Que c'était amusant!
Hélas! minuit sonnait,
Par malheur il fallait
Renoncer à cett' gaîté bien franche ;
Mais l'amour, entre nous,
Se donnait rendez-vous ;
C'est ainsi que finissait l' dimanche.
Mais il restait toujours
Du bonheur pour huit jours.
Oui, nous avions toujours
Du bonheur pour huit jours!

} bis.

ZÉLÉMA.

Quel tableau séduisant!... Je voudrais déjà pouvoir jouir de ce plaisir.

(Quelques coups de fusil. Les odalisques courent sur la terrasse.)

ZÉLMIRE.

Eh! mais on commence une attaque de ce côté-ci... voilà les Français qui montent à l'assaut.

ZÉLÉMA.

Voyons... En effet... (On entend le canon.) Dieux! comme ils se battent... ils seront bientôt dans ce palais... Oh! mesdames, en voici deux qui ont déjà escaladé la seconde muraille; ils se dirigent de ce côté... Ah! un garde du sérail les a vus; il les couche en joue.

(On entend un coup de feu; elles jettent un cri et s'en fuient. Zéléma reste seule, et se tient sur le sopha, en examinant ce qui va arriver.)

SCÈNE VI.

ZULÉMA, DUMANET, CHAUVIN.

CHAUVIN, montrant sa tête au-dessus de la muraille.
Cré coquin! pousse donc Dumanet, j'coule.

ZULÉMA.
Ils pénètrent dans ces lieux... Qu'ai-je à craindre? Ils ne me feront pas de mal.

CHAUVIN, à cheval sur la muraille.
Victoire! victoire! victoire! m'y v'là.

DUMANET, de dehors.
Chauvin, aide-moi donc!

CHAUVIN.
Ah! c'est vrai... (Il lui tend la main.) Tiens, empoigne...
(Dumanet monte, et ils sautent tous deux sur le théâtre.)

AIR: Ah! si madame me voyait!

Oui, c'est bien le sérail, vraiment...
Nous y voilà, c'est pas sans peine!
Sans l'ordre d' notre capitaine
J'ai pris mon billet de log'ment,
Je m' content'rai de cet appartement,
Qu'on obéit, par sainte Barbe!
D'tant nous qu' chacun soit abaissé;
Au dey d'Alger nous f'sons la barbe,
Et Mahomet est enfoncé. (bis.)

DUMANET.
Ma foi, c'est gentil... oui, c'est très gentil; ça vaut Desnoyers et le Grand Vainqueur... Allons, allons, c'est propre, c'est gentil.

CHAUVIN.
J'crois bien, c'est plus brillant que... café des Aveugles... Ça f'rait une jolie caserne. C'est lithographié sur tous les murs.

DUMANET, apercevant Zuléma et se pâmant d'aise.
Oh! oh! Chauvin, Chauvin!... oh! oh!

CHAUVIN.
Eh ben! qu'est-ce que c'est?

DUMANET.
Oh! tu ne vois pas, là bas, sur ces oreillers?

CHAUVIN.
Dieu! c'est une femme!... part à moi seul.
(Il court à elle.)

DUMANET.
Venez, venez, jolie locataire du sérail; vous n'avez plus de maîtres que nous... Les Français viennent d'entrer dans Alger avec effraction... Ne craignez rien, nous sommes de bons enfants.

ZULÉMA.
Je reconnais la galanterie française, et je me fie à vous.

CHAUVIN.
Confiance qui nous flatte, et dont nous n'abuserons pas, femme charmante!

DUMANET.
Oh! la belle créature!... Je trouve qu'elle ressemble à Françoise ta vois, la blanchisseuse de la rue du Petit-Carreau!...

CHAUVIN.
T'es bête... tu vois bien qu'ell' n'a pas d' tablier.

DUMANET.
Ah! c'est vrai... Chauvin, je me sens amoureux d'elle.

CHAUVIN.
Contiens-toi, Dumanet... Laisse-moi lui faire la cour, ça t'apprendra à être aimable.

DUMANET.
Au fait, oui, je veux bien... mais j'en trouverai d'autres, n'est-ce pas? Oh! d'abord, il m'en faut absolument!

CHAUVIN.
Oui, mais laisse-moi faire, j'voudrais lui faire un calembourg turc... Attends... Pourrais-je, charmante étrangère, savoir votre petit nom?

ZULÉMA.
Je m'appelle Zuléma, je suis la première sultane de ce sérail.

CHAUVIN.
Zuléma, la première sultane du dey! grand Dieu!

DUMANET.
Zuléma! la sultane du dey! grand Dieu! Ce n'est donc pas la guenon qui m'a égratigné le nez à l'entresol?

CHAUVIN, embarrassé.
O femme superbe, écoute-moi... Tu es t'à moi, je suis t'à toi... Tu ne peux t'imaginer tout l'amour qu'éprouve le cœur de Chauvin... c'est mon nom... je suis soldat dans la trente-quatrième. Écoute-moi, syrène; ne repousse pas l'expression de mon désir... On a vu des rois épouser des bergères... O Sophie! ma Sophie! je puis bien t'être infidèle pour une sultane de première force!!! Belle bayadère! je vous adore depuis long-temps... oui, depuis long-temps, car je vous ai déjà vue dans mes rêves... Oui, je me suis créé votre image, et j'étais fou avant de vous connaître!!!

DUMANET.
Est-il blagueur! est-il blagueur!

CHAUVIN.

AIR: Et voilà comme ça s'arrange.

J' m'étais formé l' portrait charmant
D'un' beauté rare et ravissante;
Et c' portrait-là, j'en fais l' serment,
C'est l' vôtre, Africaine séduisante!
J'ai vu bien des charmants objets,
Sophi, Jeanne, Marguerite et Françoise;
Mais j' vous trouv' mill' fois plus d'attraits,
Oui, v'là la perl' que je cherchais,
Et cette perl', c'est une Turque. (bis.)

ZULÉMA.
Vous en dites autant à toutes les femmes. Oh! je sais que je dois me défier de vos serments.

CHAUVIN.
Zuléma, on vous a fait des cancans.

DUMANET.

Est-ce qu'il y a aussi des mauvaises langues en Afrique?

CHAUVIN, à Dumanet.

Tu vas voir comme je vais lui monter la couleur.

Air : La Batelière.

Écoute-moi, beauté timide,
Oui, je veux faire ton bonheur;
C'est de l'amour bonne et solide
Que je ressens au fond du cœur,
Foi de Chauvin, parol' d'honneur!

ZULÉMA.

L'inconstance,
En amour,
S' voit en France
Chaque jour,
Ej' n'os' faire un aveu, (bis.)
Il faut de la prudence. (bis.)
Ça vaut la pein', je pense,
D'y réfléchir un peu. (4 fois.)

DUMANET.

Comme il l'allume! comme il l'allume!
(Il va s'asseoir sur le sopha, et fume à ce la pipe de l'aga.)

CHAUVIN.

DERNIÈRE COUPLET.

Tous deux cédons à la nature,
Chez toi l'on trouv' de doux attraits;
Moi, j' possède une joli' tournure.
Ah! l'un pour l'autr' nous sommes faits,
J' suis incapabl' de t' fair' des traits.

ZULÉMA.

L'inconstance,
En amour,
S' voit en France
Chaque jour,
Et je n'ose faire un aveu. (bis.)
Il faut de la prudence; (bis.)
Ça vaut la pein', je pense,
D'y réfléchir un peu. (4 fois.)

CHAUVIN.

Réponds, sultane adorée... accepte mon hommage.

DUMANET.

Oui, sultane adorée, accepte son hommage; tu ne t'en repentiras pas.

ZULÉMA.

Vous êtes mon maître, et je vous obéirai.

CHAUVIN, se jetant à genoux.

Ah! je comprends, Zuléma... tu m'aimes! tu m'aimes, Zuléma! je n'en demande pas davantage. O mon infidèle! sois-moi fidèle, et que ce baiser...
(On entend du bruit.)

ZULÉMA, l'arrêtant.

Silence, j'entends Ali!

CHAUVIN.

Ali!... Dumanet, elle entend Ali!

DUMANET.

Elle entend Ali! Ali, c'est le dey!

LA COCARDE TRICOLORE.

ZULÉMA.

Il approche... Je me sauve, car je serais perdue!
(Elle se sauve.)

CHAUVIN.

Ah! c'est le dey! (Il tire son sabre.) Cré coquin!

DUMANET.

Chauvin, nous sommes perdus! Il va venir avec toute sa suite... Sauvons-nous! Je cours chercher les amis.
(Il sort.)

SCÈNE VII.

CHAUVIN, seul.

Dumanet! Dumanet! Eh bien! il me laisse seul!... C'est des bêtises! On vient de ce côté... Dieu me pardonne, c'est le dey!... il est seul! Dieu des batailles, comme dit le tambour :

Donne-moi de la force et de la vaillance
Dont j'ai besoin dans cette circonstance.

Attention, c'est le moment de nous montrer...
(Il se cache.)

SCÈNE VIII.

ALI, CHAUVIN, caché.

ALI, entrant.

Barricadez toutes les portes, fermez toutes les issues... et tenez-vous prêts au moindre signal.

CHAUVIN, à part.

Il donne des ordres sanguinaires.

ALI.

Je rentrerai par la porte secrète.

CHAUVIN, paraissant tout-à-coup.

Tu rentreras, mon cher dey, si Chauvin te permet de sortir.

ALI, tirant son cimeterre.

Rends-toi, mécréant!

CHAUVIN.

Créant toi-même! Ah! tu fais l'insolent! nous allons voir ça... Faut pas faire ton esbrouffe, vois-tu, ça prendrait pas... Allons, en avant!
(Ils se battent en chantant ce couplet.)

Air : Kaïd du faubourg du Temple.

Mon cher dey, faut que j' t'entame.

ALI.

Va, je n' crains pas le danger.

CHAUVIN.

J' veux ici t' prouver qu' ma lame
Vaut mieux qu' ton métal d'Alger.

ALI.

Par la barbe du Prophète,
Chien d' chrétien, on t'empal'ra.

CHAUVIN.

J'crois, mon vieux, qu'tu perds la tête,
Nous verrons qui la gob'ra.
Une, deux... par-moi c'te feinte;
Si j't'attrap', je t'éreinte;
J'suis Français, j'suis Chauvin, } bis.
J'tap' sur le Bédouin.

(Chauvin fait tomber le cimeterre des mains d'Ali.)

Ah! te voilà désarmé. (Ali cherche à fuir.) Non pas, non pas! halte-là! Je vais te dépeindre le caractère français... Nous ne frappons jamais sur un ennemi désarmé. (Il jette son sabre.) Maintenant, à nous deux, mon vieux!... Je manie, avec la même grâce, le briquet, le bâton et la savate. En avant, la savate! Après, je te donnerai du bâton, si tu en veux... Allons, en garde!

(Chauvin tirant la savate.)

DEUXIÈME COUPLET.

Allons, il faut être ingambe.

ALI.

Mécréant, attends un peu.

CHAUVIN.

Mon garçon, j'vais t'passer la jambe,
Et tu n'y verras qu'du feu.

ALI.

Mahomet, que ton tonnerre
Vienne venger ton sujet.

CHAUVIN.

Je vais te rouler par terre,
N'en déplaise à Mahomet.
Reçois cette calotte,
Une, deux... par-moi cett' botte:
J'suis Français, j'suis Chauvin, } bis.
J'tap' sur le Bédouin.

(Ali tombe à terre. Chauvin se jette sur lui, et lui donne des coups de poing.)

Rends-toi, dey, tu es vaincu par Chauvin... Dis-moi où tu as enfoui tes trésors et tes sultanes? Eh! Dumanet! Dumanet!...

DUMANET, de la coulisse.

Où es-tu, Chauvin?

CHAUVIN.

Par ici!... Je tiens l'dey! il est vaincu!...

DUMANET, de même.

Amène-le ici!

CHAUVIN.

J'voudrais bien...mais y n'veut pas m'lâcher.

DUMANET, de même.

J'y vais! j'y vais!

(On entend battre la charge.)

SCÈNE IX.

LES MÊMES, DUMANET, puis DUFOUR, LA COCARDE, CATIN, LE LIEUTENANT, JULIEN, SOLDATS.

DUMANET.

Me voici... Ah! hardi, Chauvin, c'te victoire-là t'fera honneur. V'là les amis! Camarades, par ici!... Chauvin a rossé l'dey!

(Tous arrivent.)

CHŒUR.

Air du triomphe de la Muette.

Quel jour heureux, quel bonheur!
La gloire au plaisir nous invite.
Partout les Bédouins sont en fuite, } bis.
Et, dans Alger, le Français est vainqueur.

LE LIEUTENANT.

Je nomme Chauvin caporal.

CHAUVIN.

Caporal! quel bonheur! ça m'coupe la respiration... O Sophie! tu seras fière de ton amant!

CATIN.

Et moi, j'te donne la goutte gratis.

CHAUVIN.

Accepté, estimable vivandière... Comme vous comprenez la troupe! c'est délicat... merci...

LE LIEUTENANT.

Je sais que plusieurs d'entre vous ont fait de belles actions... Quel est celui qui a enlevé un drapeau au milieu des ennemis?

TOUS.

C'est la Cocarde!

LE LIEUTENANT, allant vers la Cocarde.

Bien, mon brave, cette conduite ne nous étonne pas; mais nous saurons la récompenser.

DUFOUR, impatienté.

Vous oubliez, lieutenant, que la Cocarde est sous le poids d'une accusation.

JULIEN.

Il se pourrait!

LE LIEUTENANT.

Hélas! oui.

DUFOUR.

Le conseil de guerre n'a pu se réunir, tant l'attaque a été précipitée. La Cocarde ne peut conserver plus long-temps les armes qu'il s'est procurées; j'ai l'ordre du capitaine...

LE LIEUTENANT.

Tu l'entends, mon pauvre ami?

LA COCARDE.

Oui, mon lieutenant, et je venais vous les rendre.

Air: T'en souviens-tu!

Que n'puis-je, hélas! les mettre à la caserne!
Les rendre ainsi, ça me déchir' le cœur...
V'là mon fusil, mon sabre et ma giberne,
Dont les Bédouins n'connaiss'nt pas la couleur.
Quant à m'a ball's, sont ennemis d'ma patrie,
N'y a qu'un instant ell's ont parlé la mort;
Mais au soldat s'il faut ôter la vie,
Dans son fusil il en reste une encor.

CATIN, allant vers lui.

Allons donc, viens! n'faut pas avoir de ces

tées-là... On sait ce que vaut un honnête homme.

LE LIEUTENANT.

Oui, sans doute. Rassure-toi, mon brave, je ferai valoir ta belle conduite d'aujourd'hui... et crois bien que plus d'une voix s'élèvera en faveur de l'un de nos plus braves militaires.

DUFORT, à part.

Oui ; mais je suis là, moi.

CHALVIN.

Pardine! c'est des récompenses qu'il mérite

plutôt! Allons, les amis, tout ça s'arrangera... il ne faut plus penser qu'au plaisir d'avoir enfoncé la boutique!

REPRISE EN CHOEUR.

TOUS.

Quel jour heureux, quel bonheur! etc.

(La Cocarde, Catin et Julien restent d'un côté ; ils sont contredits. Des esclaves arrivent, et invoquent la pitié des vainqueurs. Les soldats font éclater leur joie. Tableau.)

ACTE TROISIÈME.

Le théâtre représente le rivage près d'Alger. On aperçoit la ville dans le fond. A gauche du spectateur est un rocher devant lequel s'élève un palmier ; au bas, un banc de gazon.

SCÈNE I.

QU'AS-TU, PRENDS-DONC, DE LA MARINADE.

(Ils descendent d'une barque ; leurs chapeaux sont ornés de longues cocardes blanches.)

QU'AS-TU, il a un énorme parapluie.

Dieu soit béni! nous voilà hors de danger! nous touchons enfin cette terre d'Afrique!... Salut sol africain! (Il ôte son chapeau.) Eh bien! mon cher Prends-Donc, vous voilà rassuré.

PRENDS-DONC.

Enfin je puis prendre haleine! Ah! mon cher Qu'as-Tu! mon cher de la Marinade, que de vicissitudes!

DE LA MARINADE.

J'ai eu peur que nous ne naufragions... Il a fait une orage conséquente.

PRENDS-DONC.

Je le crois bien, notre chaloupe prenait l'eau.

QU'AS-TU.

Nous sommes enfin loin de cette France maudite! On ne se doute pas ici que Paris est à feu et à sang. » A-t-on jamais vu de chose pareille! pour quelques petites ordonnances, ces messieurs ont pris la mouche!... Moi, Qu'as-Tu, le premier pamphlétaire du monde, je devrais quitter ce pays de révolte; on le peuple commande en maître... Les insensés! ils ne m'auraient pas compris... J'ai mieux aimé venir ici et agir... Avouez, mon cher de la Marinade, que j'ai fait tous mes efforts pour faire triompher la bonne cause.

DE LA MARINADE.

Vous avez agi conséquemment, c'est vrai.

PRENDS-DONC.

Les enragés! ils ont pris le dessus.

QU'AS-TU.

Si l'on m'eût écouté... Mais non, on s'est moqué de mes brochures, on ne les lisait pas,

je ne sais pas ce qu'on en faisait... et pourtant je leur indiquais la marche à suivre pour réussir.

Air du vaudeville de la Petite Sœur.

J'avais donné, dans un pamphlet,
Le moyen de régir la France, (bis.)
Lorsque vint le mois de juillet
Qui renversa mon espérance. (bis.)
En suivant mon raisonnement,
Nous sauvions (bis.) notre monarchie.

DE LA MARINADE.

Malgré ce moyen excellent,
Vous n'avez rien sauvé, vraiment.

QU'AS-TU.

Si... j'ai sauvé mon parapluie.

DE LA MARINADE.

Ah! c'est votre ami fidèle... Aussi, c'en France, on disait toujours en parlant de vous : « Qu'as-Tu et son parapluie. »

QU'AS-TU.

Oui, je crois même qu'on s'est permis quelques plaisanteries à ce sujet.

PRENDS-DONC.

Il ne s'agit pas de cela, mes très honorables collègues...Non, je me trompe, je me croyais encore à la Chambre... Il ne s'agit pas de cela, dis-je; les intérêts du trône et de l'autel nous unissent; il faut chercher les moyens de bâillonner ce peuple insolent. C'est qu'il ne faisait pas bon à s'y frotter... ces gaillards-là vous lançaient de partis,comme moi je lancerais une coquille d'huitre. N'importe! nous nous sommes laissé prendre par nos ennemis, il faut prendre un parti.

QU'AS-TU.

Ce Prends-Donc, il faut toujours qu'il prenne quelque chose.

PRENDS-DONC.

C'est vrai, je l'avoue, c'est plus fort que moi, le pli est pris... Prendre, c'est l'énigme de ma vie, le but de toutes mes pensées; enfin, c'est mon passé, mon présent, mon avenir.

Air : Je n'ai pas eu cet bouquet de lauriers.

Dans mon collège, étant petit gamin,
A mes amis d'abord je pris des pommes ;
Puis, fournisseur, je les, un beau matin,
A mon pays prendre de bonnes sommes.
On se plaignit ; mais je fis peu de cas
De tous leurs cris, et je prenais plus vite.
Toujours j'ai pris ; mais quand je vis, hélas !
Qu'on n' trouvait plus rien à prendre là-bas,
Alors, ma foi, j'ai pris la fuite. (bis.)

QU'AS-TU.

Et vous avez bien fait ; car vous n'auriez pas
fait fortune avec ces misérables.

PRENDS-DOSC.

Heureusement que j'avais pris mes précautions. Oh ! vous ne savez pas quel homme je
suis.

DE LA MARISADE.

Si fait, si fait, nous vous connaissons parfaitement... Vous vous êtes immortalisé, mon
cher Prends-Donc.

QU'AS-TU.

Eh ! quoi, messieurs, vous oubliez le sujet
qui nous amène ! Pour moi, je ne puis être
tranquille, quand je pense que ces damnés libéraux sont nos vainqueurs. Je les vois d'ici avec
leurs énormes cocardes tricolores... Quelle vue
affreuse ! quel avenir effrayant ! J'ai de funestes
pressentiments... Ma tête est brûlante !

DE LA MARISADE.

Vous vous affectez trop.

PRENDS-DOSC, à part.

Ce sont ses visions qui le reprennent. (Haut.)
N'allez pas être indisposé, mon cher ; car nous
n'aurions rien à vous faire prendre. Apaisez-
vous, Qu'as-Tu... Qu'as-Tu ?

QU'AS-TU.

J'ai le frisson ! O mes visions, mes visions !
Je suis encore effrayé d'un songe que j'ai fait
cette nuit... Quel songe épouvantable ! quel
bouleversement, grand Dieu ! il n'y avait plus
d'intrigues de cour, on ne voyait plus de séminaires, plus de bons gendarmes, plus d'aimables
jésuites ; on disait la messe en français, et ça
n'en allait pas mieux pour ça ! les fleurs de lys
et les croix de mission dégringolaient. Enfin,
tous les peuples du monde secouaient leurs
chaînes, et s'écriaient d'une voix terrible « Nous
voulons être libres » C'était d'un ridicule
amer... Puis les sceptres étaient brisés, et l'univers n'offrait qu'un vaste incendie !... Nous
et les autres nous fuyions au loin ; mais partout
ce spectacle nous poursuivait, et la révolution
était universelle.

DE LA MARISADE.

O mon Dieu ! que dites-vous là ?

Air : J'avais mis mon petit chapeau.

Ce rêve affreux, en vérité,
A fait frémir mon royalisme ;
J'apercevais la liberté
Chassant partout le despotisme. (bis.)
En tous lieux le peuple acharné

Dictant des lois, levait sa tête altière,
Et sur tous les points de la terre,
Oui, sur tous les points de la terre (bis.)
On jouait au roi détrôné. (bis.)

PRENDS-DOSC.

C'était un vrai cauchemar.

DE LA MARISADE.

Allons, allons, pas de faiblesse ! il nous
reste encore des amis en France ! Les églises
seront le rendez-vous de nos conspirateurs, et
Saint-Germain-l'Auxerrois nous servira à quelque chose.

QU'AS-TU.

Oui, il faut agir, et promptement... Je vous
avoue qu'il ne nous reste qu'un seul moyen de
salut.

DE LA MARISADE.

Alors c'est à prendre ou à laisser.

PRENDS-DOSC.

Il faut le prendre... Quel est-il ?

QU'AS-TU.

Le voici. Rendons-nous de suite auprès du
brave général qui commande céans, auprès du
vainqueur de Waterloo ; qu'il vienne avec son
armée, embarquons-la aujourd'hui même...
dirigeons-nous vers Paris ; nos amis se réuniront
à nous... nous terrasserons les libéraux, nous
entrerons dans les Tuileries, et Samson fera le
reste.

PRENDS-DOSC et DE LA MARISADE.

Bravo ! bravo ! adopté ! adopté !

DE LA MARISADE.

Oui, la légitimité triomphera !

PRENDS-DOSC.

Oui, qu'ils tremblent, les libéraux ! Qu'on
nous donne seulement pour auxiliaires un
petit million d'Autrichiens, de Prussiens, de
Russes, d'Anglais, de Saxons, d'Écossais et
de Cosaques, et nous reprendrons Paris...
Ah !... Prends-Donc, reprends courage.

QU'AS-TU.

Mettons de suite mon projet à exécution.
J'aperçois le palais du général. C'est de ce côté
qu'il faut nous diriger.

Air : Viens, viens, viens donc.

Oui, partons à l'instant
Pour venger notre offense.
Tout ira bien, vraiment !
Ah ! quel espoir charmant !
Dans quelque temps, grace à notre vaillance,
Nous pourrons donc encor régner en France,
Les libéraux peuvent trembler d'avance,
Je vous prédis qu'ils ne seront pas blancs.

TOUS.

Oui, partons à l'instant, etc.

(Ils sortent après avoir salué les soldats qui entrent.)

SCÈNE II.

DUFOUR, CHAUVIN, un TAMBOUR, SOLDATS.

CHAUVIN, *regardant venir les trois personnages.*
Tiens, ces drôles d'individus! ont-ils l'air cocasse! mais nous voilà bien ici.

DUFOUR, *aux soldats.*
Nous avons ordre de nous tenir à cet endroit.

CHAUVIN.
Nous serons à même de voir les bâtiments qui arriveront de France. Allons, allons, en avant les comestibles et les bouteilles! c'est Chauvin qui régale, en réjouissance de son titre de caporal.

DUMASET.
Eh ben! commençons... cassons la croûte. Moi, je me mets à table... (*Il s'assied à terre.*) Faites comme moi, les autres.

(*Tous les soldats s'asseyent et mangent.*)

CHAUVIN, *à Dufour.*
Sergent Dufour, si vous voulez accepter un morceau.

DUFOUR.
Volontiers, mon ami, j'accepte.

(*Il s'assied sur le banc.*)

LE TAMBOUR.
Eh bien! Chauvin, te voilà donc caporal?

CHAUVIN.
Mais z'oui, j'ai cet honneur... et c'est pour' cela que je paie le liquide; c'est en l'honneur de mon bonheur.

DUMASET.
Tu l'as mérité; car tu t'es bien comporté.

DUFOUR.
C'est vrai, Chauvin s'est bien battu... c'est un brave!

CHAUVIN.
Ah! sergent, vous flattez, vous flattez, sergent.

LE TAMBOUR.
Au commencement de l'affaire, t'étais pas trop rassuré quoique ça.

CHAUVIN.
Voyez-vous ça, Babâ... Eh ben, c'est vrai, c'est ma foi vrai, tambour; mais darn', c'était naturel.

Air du vaudeville de la Partie carrée.

Pour commencer, d'abord ça semble rude,
Et je conviens que je tremblais un peu;
Ça me fit quelque chos', n'ayant pas l'habitude.
C'est vrai qu'j'ous peur au premier coup de feu.
Mais quoiqu' jadis j'n'ai manié que la bêche,
J'y fus bientôt remis, et de Chauvin, cordieu!
On n'rira plus, car j'étais sur la brèche.
Au second coup de feu. (*ter.*)

DUMASET.
Aussi t'es caporal!

CHAUVIN.
Si ma Sophie était témoin de ma gloire, comme elle en serait flattée antérieurement! Elle est si jolie, ma Sophie! Elle a un nez, des yeux, une bouche et des cheveux... oh! des cheveux... d'un blond châtain tirant sur le noir... enfin d'une couleur vaporeuse! Pauv' petite! elle n'osera peut-être plus me parler; et pourtant, parole d'honneur, je n'en serai pas plus fier!

DUMASET.
Et tu feras bien; car, vois-tu, Chauvin, les hommes sont égaux comme les cinq doigts d'la main, et c'est honteux d'être trop vaniteux. Tiens, j'ai mon oncle qu'était un brave homme autr'fois; c'était une bonne pâte d'oncle... Eh ben, depuis qu'il est cocher dans une grande maison, y n'me parle plus. À Paris, quand j'y passais et qu'il était sur son siège, il me regardait du haut de sa hauteur. Son fils, qu'est mon cousin, et qui est suisse dans le même hôtel, c'est la même chose... c'est fier comme une anguille. J'aime à croire, Chauvin, que notre amitié n'se désaltérera jamais.

CHAUVIN.
Foi d'caporal! et si j'fais tort à la vérité, que c'verre de vin-là m'empoisonne. (*Il boit.*) À la santé de ma Sophie!

DUMASET, *parlant la bouche pleine.*
Pourquoi que tu n'y écris pas à ta Sophie?

CHAUVIN.
Pourquoi?... Parce que, si je manie mon fusil comme une plume, cela ne prouve pas que je manie la plume comme mon fusil... ce qui veut dire que je n'oublierai pas l'écriture, vu que je ne la sais pas.

LE TAMBOUR.
Eh bien! est-ce que je ne suis pas là avec tout ce qu'il faut? et moyennant une légère rétribution..

CHAUVIN.
Oh! ça y est... Camarades, j'vais écrire à ma Sophie. Modérez vos tumultes. (*Au tambour.*) Écris vite.

(*Le tambour pose sur sa caisse tout ce qu'il faut pour écrire. Chauvin se promène d'un air important, ayant l'air de chercher des idées.*)

LE TAMBOUR.
Sois tranquille, ma plume ira aussi vite que quand je fais un roulement.

Air : J'aime le son du clairon.

Dicte vit'ment
Pour l'objet charmant
De ta tendresse.
Je vais tracer sur ma caisse
L'expression de ton sentiment.
En avant, cœur plein. (*bis.*)
J'vais écrir' tambour battant,
Pour Vénus et pour la victoire.

J'emploi' mon tambour tour-à-tous :
Le matin il bat pour la gloire,
Et le soir il sert à l'amour.
    Dicte viv'ment, etc.

CHAUVIN.

J'y suis.

LETTRE DE CHAUVIN.

Air de Fléniade.

« Vous d'très-t-être bien inquiet, tout d'même,
Que vous n' viuiez pas d'lettr' de moi ;
Mais, malgré ça, Chauvin vous aime
Si plus ni moins qu' si c'était soi.
Oui, belle Sophie, soilliez tranquille,
Rien n'a s'rou refroidir mon cœur,
Depuis que j' suis dans une ville
Où qu'y a cinquante degrés d'chaleur.
Premièrement, sachez, ma chère,
Qu'au moment de nous embarquer,
J'ai bu des tranch's de misère,
Que l' cœur a manqué d' m'en craquer.
J'allais prendr' mon congé d'avance,
Et m'aloucher dans les marigouins,
Quand l'on toucha terre en présence
Des mauricauds, qu'on nomm' Bédouins.
C'est un tas d' pouss'-raillons du traître
Qu'a rien d' français dedans l'aspect ;
Ils ont la boul' noir' comm' de l'encre,
Et pas d' chemins, sous tout' respect.
Rapid's comme l' tremblement d' terre,
Ils filaient d'vant nos régiments,
Les ch'vaux d' not' caval'ri' légère
Voulaient tous prendr' le more aux dents,
C'st valenbourg, il vous fait sourire ;
Mais le Français, en vérité,
Ne peut se soustraire à l'empire,
D'avoir de l'immobilité.
Crevant d' faim et sans nourriture,
J' fis cuire un morceau d' chameau mort ;
Mais c'était de la pourriture.
Je m' crus poisonné, grédin d' sort !
Car après que j' m'eus fait des bosses,
J'eus un fameuse indigestion,
Je r'sentis des coliqu's atroces,
Qui m' coupaient la respiration ;
L'haleine me manqu', je devenais pâle ;
Mais j'oubli' bientôt le danger ;
Lorsque j'entends la générale,
Et qu' nous somm's entrés dans Alger.
Couronné d' gloire, je m'élance
Dans un palais, quel coup d'essai !
Et là j'ai, grace à ma vaillance,
Pris la maison et tout l' dey.
Adieu ; j' gardais pour la bonne bouche
D' vous annoncer qu' mon général
M'a vu brûler plus d'un cartouche,
Et qu'il vient d' me faire caporal.
Mais malgré cet honneur suprême,
Et la chaleur qui nous grill' tous,
Ça n'empêch' pas que j'ai tout d' même
Un fameux coup d' n'œil pour vous.
Je désire que la présent' te
Qu' j'écris d' la main d' not' tambour,
Vous trouv' fidèle et bien portante,
En récompense d' mon amour.

    Août, dit couvant.

    Signé CHAUVIN, ou JEAN. »

(Un extrait de roulements de tambour ; ils se recontent.)

DUMANET.

Tiens, qu'est-ce que c'est qu' ça ?

DUFOUR, froidement.

Ah ! c'est le Conseil de guerre qui s'assemble
pour le jugement de la G...rde.

CHAUVIN.

Ça m' fait un drôle d'effet... C' pauvre la
Cocarde... Qu'est-ce que vous croyez que ça
deviendra, sergent ?

DUFOUR.

Son affaire est mauvaise... Il a voulu soule-
ver les mécontents de l'armée ; il a excité à la
révolte en montrant des couleurs proscrites ; enfin, il a tiré son sabre contre son chef.

DUMANET.

Ça n'en est pas moins un brave... et s'il a
fait une faute, c'est qu'il avait bu un peu.

DUFOUR.

On ne saurait trop se tenir en garde contre
la trahison... Je vais le voir juger.
    (Il sort.)

CHAUVIN, le regardant s'en aller.

Va, va, sans cœur de jésuite, va voir con-
damner un pauvre soldat. Cré coquin! appeler
la Cocarde un traître... Ce n'est pas là qu'il faut
les aller chercher, les traîtres. Tiens, Dumanet,
donne-moi à boire, j'ai le cœur tout gros.

DUMANET.

Ah ! v'là la vieille... C'te pauv' femme, comme
elle est bouleversée ! c'est bien naturel, au fait,
car on dit, qu'jadis autrefois, ils s'aimaient
elle et l'ancien.

CHAUVIN.

J' crois bien, puisqu'ils avaient un enfant
qu'ils ont retrouvé dans Alger. Elle a été si
heureuse de revoir son enfant ; ça f'ait plaisir
d' les voir tous les trois ; et maintenant ils sont
dans la douleur. La v'là, faut la consoler.

SCÈNE III.

LES MÊMES, CATIN

CATIN, pâle.

Qu'est-ce qu'ils vont en faire de mon
vieux ? qu'est-ce qu'ils vont en faire ? On le
juge, mes amis... Ah ! je n'ai pas eu la force de
rester là.
    (Elle pleure.)

CHAUVIN.

Écoutez, la mère ; calmez vos esprits... quel-
quefois, voyez-vous...

CATIN.

Eh ! mes enfants, ce n'est pas sa faute... sa
pauvre cervelle...

CHAUVIN.

Conçu, la mère, conçu ; mais le régime militaire, qui est organisé pour l'entière satisfac-
tion de la sévérité... de sorte que... voilà... Au
contraire... si vous me prenez un homme qui

soit véritablement coupable... alors... (A part.)
Je n' sais pas c' que j' veux dire.

CATIN.

Ah ! si j'étais homme !

CHAUVIN.

J' crois bien !

DUMANET.

Allons, faut pas pleurer, la vieille... ça n'arrange pas les épinards.

CATIN, s'essuyant les yeux.

Pleurer, non, je n' veux pas pleurer ! S'ils le
condamnent à mort... eh bien ! j'y serai, et son
dernier petit verre, c'est moi qui veut l' lui ver-
ser. Et vous, mes enfants, si vous êtes com-
mandés pour... ne l' manquez pas, au moins,
ne l' faites pas souffrir.

(Elle s'assied, et se tient la tête dans ses mains. Chauvin et
Dumanet se regardent quelque temps)

DUMANET, d'un air ému.

Qu' c'est bête d' vous dire des choses comme
ça !

CHAUVIN.

Le cœur me manque ! Qui ! moi ! tirer sur le
père la Cocarde ! moi, le tuer ! ah !... Mais quand
j'y pense, je suis presque la cause de ce malheur ; c'est moi qui lui ai demandé à voir sa
cocarde, c'est moi qui l'ai excité à la mettre à
son schako ; oui, c'est moi. Ah ! c't' idée-là m'
f'ra mal toute ma vie. Et je tirerais sur lui ! ah !
ça m' serait impossible !

LE TAMBOUR.

Il le faudra bien pourtant, si l'on te commande.

CHAUVIN.

Il le faudra ! et si j' peux pas ?

Air d'Aristippe.

Quoi ! j'irais tuer un brave militaire,
Que jusqu'alors tout le monde estima,
Qui ce matin me traitait comme un frère ?
Oh ! non, jamais j' n'aurai ce courag'-là. (bis.)
J' sais qu'à mes chefs je dois obéissance,
Mais j'ai promis, dans les serments qu' j'ai faits,
D'aller combattr' les ennemis d' la France,
J' n'ai pas promis de frapper des Français. (bis.)

DUMANET.

C'est vrai, au fait ; mais faut espérer qu'
nous n'en viendrons pas là.

CATIN, se levant.

Ah ! je n' peux pas tenir en place ; il faut que
j'aille voir moi-même.

(Elle va pour sortir.)

SCÈNE IV.

Les Mêmes, JULIEN.

JULIEN, accourant, l'air égaré.

Ah ! mes amis, il est perdu !... ils l'ont condamné !

CATIN.

Grand Dieu ! que dis-tu ?

CHAUVIN.

Est-ce bien possible ?

JULIEN.

En vain quelques voix généreuses ont fait
valoir les services et l'honneur du vieux la Cocarde : « Non, ont-ils répondu, l'indulgence
« serait faiblesse, et la corruption serait bien-
« tôt dans l'armée, si l'on ne donnait quelques
« exemples de sévérité. »

CATIN.

Les barbares !... Lui, corrompre l'armée ; ce
sont eux qui veulent la corrompre !

JULIEN.

Il ne me reste qu'un espoir... Je cours me jeter
aux pieds du général... quelques amis doivent
me seconder.

CATIN.

Ah ! cours vite, mon ami, cours !

JULIEN.

Oui, j'y vole... Espérez encore... Mon père !
mon père !

(Il sort en courant. Catin pleure.)

CHAUVIN, en colère.

C'est atroce... c'est épouvantable !

DUMANET.

Chauvin, modère-toi... T'es trop exaspéré
dans ton dialogue ; modère-toi !

CHAUVIN.

Ça n'se peut pas... Quand je vois condam-
ner à mort le plus brave de toute l'armée... si
j'avais fait le coq militaire, ça s'rait mieux
que ça.

DUMANET.

Silence, on amène la Cocarde.

CHAUVIN, regardant.

Et c'est ce jésuite de Dufour qui commande
le peloton. Ah ! gredin, si je te tenais, je t'arran-
gerais comme le dey d'Alger.

SCÈNE V.

Les Mêmes, LA COCARDE, DUFOUR.

(La Cocarde entre au milieu d'un peloton commandé par
Dufour.)

DUFOUR, aux soldats.

Halte !... La Cocarde, vous avez cinq minutes
encore... (La Cocarde semble ne rien entendre.—
Dufour continue après une pause.) Désirez-vous la
présence de l'aumônier ?

LA COCARDE.

Un prêtre, à moi... vieux soldat qui n'ai fait
d'mal qu'aux ennemis d' mon pays !... Non, Dieu
me jugera. (Il aperçoit Catin qui sanglote, et va vers
elle.) Eh bien, ma vieille, tu ne me dis rien !
(Catin, suffoquée, le serre dans ses bras sans rien répondre.

— La Cocarde, *essuyant une larme.*) Tu trembles...
tu pleures... que veux-tu? faut en finir d'une
manière ou d'une autre.

CATIS.

Oui, mais mourir ainsi...

LA COCARDE.

Ah! je t'entends... Oui, c'est affreux de penser que des camarades, loin de son pays...

Air nouveau de M. Bochet.

Je n' verrai plus la France, ma patrie;
De mon trépas bientôt l'heure va sonner;
La mort n'est rien : soldat, je la défie;
Mais les Français doivent me la donner.
Quand les boulets sifflaient à mon oreille,
A Waterloo que n'ai-je pu périr!
Le tambour bat... faut nous quitter, la vieille,
Faut nous quitter... Adieu, je vais mourir.

DEUXIÈME COUPLET.

Tu reverras mon père aux Invalides,
Annonce-lui la perte de son fils.
Essui' les pleurs qui couleront sur ses rides;
Dis que j' fus tué par la main des ennemis.
Quand le coup d' feu frappera ton oreille,
D'un peu de terr' tu viendras me couvrir!
Le tambour bat... faut nous quitter, la vieille,
Faut nous quitter. Adieu, je vais mourir.
Le tambour bat, adieu, je vais mourir.

DEPÔT.

Allons, la Cocarde; il en temps...

LA COCARDE.

Il suffit. (A Catis.) Embrasse notre fils, le
pauvre enfant!... Je suis heureux qu'il ne voie
pas ce triste spectacle...Tiens, donne-lui ma croix
et ma cocarde.

(*Il va pour remonter la scène.*)

CATIS.

Ah, arrêtez un moment!

(*Elle les verse à Soire.*)

LA COCARDE.

Ah! oui, tu m'as promis mon dernier petit
verre... Faut garde, tu vas renverser... J' te
paierai celui-là avec les autres, là-haut... (Pre-
nant le petit verre.) A votre santé, les amis! sans
vous oublier, serg... et. (Il boit.) Elle me semble
toujours bonne, c'est bon signe. (Il rend le verre.)
Allons, la vieille, embrasse-moi, et qu' tout ça
finisse.

(*Ils s'embrassent. Tous ses camarades viennent lui presser
la main. La Cocarde est prêt de succomber à son émotion, lorsqu'on entend un coup de canon.*)

CRITYIS, *allant regarder au fond.*

C'est un bâtiment qui vient de France, j'a-
perçois le pavillon tricolore.

(*Pendant ce temps, La Cocarde est absorbé et se laisse
aller sur un banc, sans prendre part à la curiosité générale.*)

SCÈNE VI.

LES MÊMES, PLUSIEURS OFFICIERS SUPÉRIEURS,
JULIEN.

JULIEN; *il accourt avec un drapeau tricolore.*

Mon père! mon père! mes amis, plus de ty-
rannie! plus d'oppresseurs! la liberté est de retour en France, elle vous envoie sa bannière!

(*Il court à lui.*)

TOUS.

Vive la liberté!

UN...

Plus de jésuites, ... condamnation!

LA COCARDE.

Que dis-tu?... quel est ce drapeau!

JULIEN.

C'est le nôtre, à présent... Le drapeau blanc
est renversé.

LA COCARDE, *s'enveloppant dans son drapeau.*

Air de la romance de Teniers.

Il se pourrait? quoi! ce n'est pas un songe?
D'un joug affreux nous serions délivrés!
Si c'est un rêve, ô Dieu! qu'il se prolonge;
Prends en pitié mes esprits égarés.
Mon cher drapeau, c'est bien toi que j'embrasse!
Ah! maintenant j' puis descendre au cercueil!
Frappez, canon! mais que c' drapeau, par grâce,
Au vieux soldat soit donné pour linceul. (*bis.*)

LE LIEUTENANT, *qui est arrivé au commencement du
couplet.*

Non, mon brave! vivez pour marcher encore
sous ces brillantes couleurs! Vive la liberté!

TOUS.

Vive la liberté!

(*La Cocarde, Catis et Julien s'embrassent. Tous les soldats
se donnent la main. Qu'as-Tu, Prends-Donc et de la
Marinade arrivent; ils ont à leurs chapeaux d'énormes
cocardes tricolores.*)

PRENDS-DONC.

Mes amis, nous avons pris les devants pour
vous annoncer cette heureuse nouvelle. Vive la
liberté! vive la Charte!

LA COCARDE, *à Prends-Donc.*

Tâcher d'vivre en paix. Ah! maintenant la
France peut tout braver... Amis, réunissons-
nous tous sous notre brillant étendard, et répé-
tons ensemble!

*Air : Non, non, jamais, jamais, je ne ferai ma chau-
mière.*

En avant, marchons, marchons,
Citoyens, soldats, aux armes!
France, bannis les alarmes;
Amis serrons nos bataillons,
Contre nos ennemis formons nos bataillons. (*bis.*)

CHŒUR.

En avant, marchons, etc.

DUMANET.

On dit qu'l'Autrichien et le Russe
Veul'nt revenir comme autrefois.
S'ils vienn'nt, ça s'ra pour le roi d'Prusse,
Et nous leur donn'rons sur les doigts.

CHAUVIN.

Oui, ces figur's à claques,
Nous les caresserons,
Et ces gourmands d'Cosaques
N' mang'ront plus nos oignons.

En avant, marchons, marchons,
Citoyens, soldats, aux armes !
France, bannis tes alarmes,
Tapons sur les Cosaques du Don;
Autrichiens, Russ's, Prussiens, tournez-nous les ta-
[lons. (bis.)

TOUS.

En avant, marchons, etc.

JULIEN.

O vous, qui, pour notre patrie,
Avez bravé tous les revers,
Polonais, qui perdez la vie
Plutôt que de porter des fers,
Prêts pour votre défense,
Qu'on nous dise un seul mot.

Et les enfants d'la France
S'écrieront aussitôt.

En avant, marchons, marchons,
Pour les Polonais, aux armes !
Courons calmer leurs alarmes,
Allons grossir leurs bataillons.
Polonais et Français, marchons et combattons. (bis.)

TOUS.

En avant, marchons, marchons,
Pour les Polonais, etc.

LA COCARDE.

Tout's les nations étrangères
Contre nous en vain s'uniront;
Avant de franchir nos frontières,
Sur tous les corps ell's marcheront.
Si l'nombre nous opprime,
Sachons braver le sort;
Qu'un seul cri nous anime:
Indépendance ou mort.

En avant, marchons, marchons,
Citoyens, soldats, aux armes !
France, bannis tes alarmes,
Amis, serrons nos bataillons,
Contre nos ennemis serrons nos bataillons. (bis.)

TOUS.

En avant, marchons, etc.

FIN DE LA COCARDE TRICOLORE.

PARIS. — IMPRIMERIE NORMALE DE JULES DIDOT L'AÎNÉ,
n° 5, rue du vit d'Enfer.

LIVRES A TRÈS BON MARCHÉ,

DONT LE CATALOGUE SE DISTRIBUE GRATIS,

CHEZ J. N. BARBA, LIBRAIRE, PALAIS-ROYAL,

ET CHEZ L. CH. DELLOYE, PLACE DE LA BOURSE, 5.

————

ABRÉGÉ DES ANTIQUITÉS NATIONALES, par Millin. 4 vol. in-4°, ornés de 250 planches, texte imprimé par Fournier. Paris, 1837. 30 fr.

Les Antiquités nationales de Millin sont un de ces ouvrages dont l'absence décomplet une bibliothèque. Seules elles nous ont conservé les anciens monuments qui couvraient autrefois le sol de la France, et que le temps ou la main des hommes ont détruits. L'édition de ce précieux livre étant épuisée, nous avons pensé qu'un abrégé, contenant toutes les planches sans exception, et un texte clair, rapide, renfermant tous les faits historiques consignés dans le grand ouvrage, serait accueilli avec d'autant plus d'empressement qu'on le peut se procurer, pour une somme modique, tout ce qu'on recherche, tout ce qu'on estime dans les Antiquités nationales de Millin.

AGRÉABLE (L') DESSINATEUR, ou Recueil de dessins, paysages, figures et animaux coloriés, avec texte in-4° oblong, cartonné, 5 fr.

Idem, figures noires, cartonné, 4 fr.

CABINET SECRET du Musée royal de Naples in-4° gr.-raisin vol., orné de 60 pl. coloriées, représentant les peintures, bronzes et statues érotiques qui existent dans ce cabinet. 30 fr., au lieu de 100 fr.

Idem, figures noires, 20 fr.

Idem, figures doubles, noires et coloriées, cartonné à la Bradel, dos en percaline 45 fr.

L'art ancien et l'art au moyen âge ne se piquaient pas d'une pudeur bien chaste; les plus à braves chefs-d'œuvre sont souvent accompagnés de détails obscènes qui en rendent impossible l'exposition aux yeux de tous. Le Cabinet secret du roi de Naples est la seule galerie au monde où l'on se soit proposé de réunir tous les chefs-d'œuvre impudiques. Le livre qui les reproduit est l'indispensable complément de toutes les collections de musées, et doit trouver place dans un coin secret de la bibliothèque de l'artiste comme de celle de l'amateur.

CHASSEUR (le) AU CHIEN D'ARRÊT, contenant les habitudes, les ruses du gibier, l'art de le chercher et de le tirer, le choix des armes, l'éducation des chiens, leurs maladies, etc.; 1 vol. in-18°, 2° édition, par E. Blaze. Paris, 1837. 7 fr. 50 c.

CHEFS-D'ŒUVRE DE CHATEAUBRIAND, grand cavalier vélin, in-8°, broché, satiné, à 4 fr. le vol., au lieu de 15 fr. — Le Génie du Christianisme, 3 vol. — Les Martyrs, 2 vol. — Atala, René, le Dernier des Abencérages, 1 vol. — Chaque volume, demi-reliure, dos de nerf, 2 fr. en plus.

COLLECTION DE 104 PORTRAITS des hommes illustres des dix-septième et dix-huitième siècles, dessinés et gravés d'après nature par Edelinck, Lublin, Van Schuppen, Daullé et Simonneau, avec une notice sur chacun d'eux. 2 vol. in-folio, cartonnés à la Bradel, en 1 vol. 15 fr. Broché, 12 fr.

CONTES ET ROMANS DE VOLTAIRE. 2 forts volumes in-12. 4 fr. 50.

Ces deux volumes sont au-dessous du prix de fabrique.

CONTES DES FÉES, par Perrault, texte imprimé par Didot; orné d'estampes gravées par Godefroy, d'après ses dessins et ceux de Chasselat; coloriés, cartonné, 6 fr.

Idem, figures noires, cartonné, 4 fr.

DESCRIPTION DES PIERRES GRAVÉES du cabinet du duc d'Orléans, au nombre de 173 planches et 1 portrait. 2 vol. petit in-folio. Broché, 12 fr.; cartonné à la Bradel, 15 fr.; au lieu de 120 fr.

DICTIONNAIRE ÉTYMOLOGIQUE de la LANGUE FRANÇAISE, par Ménage. 3 vol. in-folio. Broché, 24 fr.; demi-reliure, 30 fr.; au lieu de 72 fr.

DICTIONNAIRE DES ARTS, DU DESSIN, DE LA PEINTURE, DE LA GRAVURE, DE LA SCULPTURE ET DE L'ARCHITECTURE, par Boutard; fort in-8° de 800 pages. Au lieu de 10 fr., 4 fr.

Cet ouvrage convient à toutes les personnes qui aiment les arts et métiers. Les charpentiers, les serruriers, les maçons et les personnes qui veulent faire bâtir, y trouveront des renseignements utiles pour diriger leurs travaux.

DICTIONNAIRE DES BEAUX-ARTS, par Millin, de l'Institut, conservateur des médailles antiques et des pierres gravées, de bibliothèques impériales, professeur d'antiquités, etc.; 6 vol. in-8°. Au lieu de 42 fr., 12 fr.

Cet ouvrage fait que à été adopté par le gouvernement, pour la formation des bibliothèques des lycées. Cet ouvrage, dû à l'un de nos savants les plus distingués, à notre plus habile antiquaire, est une encyclopédie sans longueurs et un dictionnaire technologique sans sécheresse; il est impossible d'allier plus de science à moins de pédantisme, et de composer un livre qui tienne autant lieu de traités particuliers sur les Beaux-Arts, aux gens du monde.

DICTIONNAIRE PHILOSOPHIQUE, par Voltaire; 9 forts vol. in-18, gr.-raisin vélin. Paris, Didot. 8 fr.

Chaque volume a coûté 2 francs de fabrication.

ESPRIT DU CODE DE COMMERCE, ou Commentaire de chacun des articles du Code, 2° édit., revue, corrigée, simplifiée, disposée sur un plan nouveau, par le baron Locré; 4 forts vol. in-8°. Au lieu de 36 fr., 9 fr.

HISTOIRE DE FRANCE ANECDOTIQUE, depuis le commencement de la monarchie, avec cette épigraphe : La vérité, toute la vérité, rien que la vérité; par Pigault-Lebrun. 8 vol. in-8°. Net, 15 fr., au lieu de 56 fr.

HISTOIRE DE JEANNE D'ARC, surnommée la Pucelle d'Orléans, par MM. Michaud et Poujoulat, de l'Académie. Vol. in-8°, beau portrait, couverture imprimée; Paris, 1837; 2 fr.

HISTOIRE DES ENVIRONS DE PARIS, par Dulaure. 14 vol. in-8°, ornés de 100 belles gravures et d'une grande carte sur une feuille de 45 heures, 68. 50 fr., au lieu de 110 fr.

L'édition de ce livre est presque épuisée; il n'en reste que peu d'exemplaires.

www.ingramcontent.com/pod-product-compliance
Lightning Source LLC
Chambersburg PA
CBHW061624180626
46818CB00005B/2229